Bajo sus condiciones

EMILIE ROSE

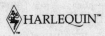

⬧ HARLEQUIN™

Editado por HARLEQUIN IBÉRICA, S.A.
Núñez de Balboa, 56
28001 Madrid

I.S.B.N.: 978-84-671-9623-8
Depósito legal: B-1041-2011
Editor responsable: Luis Pugni
Preimpresión y fotomecánica: M.T. Color & Diseño, S.L.
C/ Colquide, 6 portal 2 - 3º H. 28230 Las Rozas (Madrid)
Impresión y encuadernación: LITOGRAFÍA ROSÉS, S.A.
C/ Energía, 11. 08850 Gavá (Barcelona)
Fecha impresion para Argentina: 15.8.11
Distribuidor exclusivo para España: LOGISTA
Distribuidor para México: CODIPLYRSA
Distribuidores para Argentina: interior, BERTRAN, S.A.C. Vélez
Sársfield, 1950. Cap. Fed./ Buenos Aires y Gran Buenos Aires,
VACCARO SÁNCHEZ y Cía, S.A.
Distribuidor para Chile: DISTRIBUIDORA ALFA, S.A.

Prólogo

11 de enero

—¿Cómo que aún estoy casada? —Renee Maddox intentó no perder los nervios mientras miraba boquiabierta a su abogado.

Impertérrito como siempre, el caballero, de edad avanzada, se recostó en su asiento.

—Al parecer, tu marido nunca llegó a firmar los papeles.

—Pero llevamos siete años separados. ¿Cómo es posible?

—No es tan infrecuente como crees, Renee. Pero si quieres saber el motivo, tendrás que llamar a Flynn y preguntárselo. O dejar que yo lo haga yo.

El fracaso de su relación aún le dolía. Renee había amado a Flynn con todo su corazón, pero aquel amor no había bastado para salvar su matrimonio.

—No. No quiero llamarlo.

—Míralo por el lado bueno. Sigues teniendo derecho a la mitad de su dinero, y Flynn es ahora mucho más rico que cuando pensasteis divorciaros.

—Su dinero no me interesaba entonces y tampoco ahora. No quiero nada de él.

La expresión del abogado le hizo ver que no estaba de acuerdo con su actitud.

3

—Comprendo que quieras una ruptura rápida, pero recuerda que en California impera el régimen matrimonial de bienes comunes. Podrías conseguir mucho más, ya que no hubo ningún acuerdo prenupcial.

Una duda inquietante asaltó a Renee.

—¿Eso significa que él podría quedarse con la mitad de mi negocio? ¿Después de haberme dejado la piel por California Girl's Catering? No estoy dispuesta a consentirlo.

—No permitiré que pierdas tu empresa. Pero si te parece, volvamos al tema que te trajo aquí… Puedes cambiarte el apellido estés casada o no.

—Mi apellido es la menor de mis preocupaciones en estos momentos —el plan para recuperar su vida anterior le parecía muy sencillo. Empezaría por recuperar su apellido de soltera, y después formaría la familia que siempre había deseado tener y a la que Flynn se había negado.

De repente, un recuerdo casi olvidado vino a sus pensamientos. Se aferró a los brazos del sillón e intentó recordar los detalles de la historia que Flynn le había confesado en la luna de miel, habiendo bebido más champán de la cuenta.

Las piezas fueron encajando y volvió a surgir la esperanza. Siempre había querido tener un bebé, y el mes pasado, cuando cumplió treinta y dos años, decidió tomar cartas en el asunto en vez de seguir esperando a su hombre maravilloso. Al igual que las heroínas de sus novelas románticas favoritas, recurriría a la inseminación artificial en cualquier banco de esperma respetable.

Durante las semanas siguientes leyó los perfiles

de los donantes, pero no esperó encontrarse con uno al que conociera… y al que hubiera amado. Sabía que tanto su futuro hijo como ella tendrían que enfrentarse a muchas preguntas sin respuesta. Ella se había criado sin conocer a su padre, debido a que su madre pudo, o no quiso, identificar al hombre que la había dejado embarazada.

–Renee, ¿estás bien?

–S-sí –tragó saliva y observó el arrugado rostro del hombre sentado frente a ella–. ¿Has dicho que tengo derecho a la mitad de las propiedades de Flynn?

–Así es.

El pulso se le aceleró por la excitación. La idea de tener un hijo de Flynn sin el consentimiento de éste era absurda, por no decir reprochable, pero estaba desesperada por ser madre y nunca se le ocurriría pedirle ayuda a Flynn. Lo más probable era que se hubiese olvidado de aquella donación que hizo en la universidad.

–Cuando Flynn estaba en la universidad –le contó al abogado–, hizo una donación a un banco de esperma. Si el banco aún conservara su… semilla, ¿sería posible que yo pudiera acceder a ella?

Su abogado tuvo el detalle profesional de no mostrarse sorprendido ni escandalizado.

–No veo ningún motivo por el que no podamos intentarlo.

–Entonces eso es lo que quiero. Quiero tener un hijo de Flynn. Y en cuanto me haya quedado embarazada, pediré el divorcio de una vez por todas.

Capítulo Uno

Con el móvil aún pegado a la oreja, Flynn rodeó la mesa y cerró la puerta de su despacho para apoyarse contra ella. Nadie en la sexta planta de Maddox Communications tenía por qué enterarse de lo que la mujer al otro lado de la línea acababa de decirle, ni de la respuesta que él pudiera dar.

—Lo siento… ¿Le importaría repetírmelo?

—Soy Luisa, de la clínica de fertilización New Horizons. Su mujer ha solicitado ser inseminada con su esperma —la alegre voz femenina se lo explicó con una claridad irritante, como si estuviera hablando con un idiota. Y en aquel momento Flynn se sentía como tal.

¿Su mujer? Él no tenía mujer. Hacía mucho que la había perdido.

—¿Se refiere a Renee?

—Sí, señor Maddox. Ha solicitado su muestra.

Flynn intentó ordenar sus caóticos pensamientos para tratar de encontrarle sentido a aquella conversación de locos. Primero, ¿por qué Renee intentaba hacerse pasar por su esposa cuando llevaban siete años separados? Fue ella la que solicitó los papeles del divorcio en cuanto transcurrió el periodo de espera de un año. Y segundo, cuando él estaba en la universidad hizo una donación de semen a unos laboratorios por culpa de una estúpida apuesta. No hacía falta ser muy listo para relacionar las dos cosas.

–Mi muestra es de hace catorce años. Creía que ya la habrían desechado.

–No, señor. Aún es viable. El semen puede durar más de cincuenta años si se conserva en las condiciones apropiadas. Pero usted dejó estipulado que su esperma no podía ser utilizado sin su consentimiento por escrito. Necesito que firme un formulario para entregárselo a su mujer.

«Ella no es mi mujer», pensó, pero se lo guardó para sí.

Su empresa de publicidad tenía clientes extremadamente conservadores, quienes no dudarían en irse a la competencia si aquella historia salía a la luz. Maddox Communications no podía permitirse que sus negocios se resintieran en tiempos de crisis económica.

Paseó la mirada por el despacho, el último proyecto de decoración que había compartido con su ex mujer. Cuando Flynn se despidió de su anterior trabajo y se unió a la empresa de su familia, él y Renee eligieron la mesa de cristal, los sofás de color crema y la abundancia de macetas. Habían formado un buen equipo…

«Habían». En pasado.

Su intención era llegar al fondo de aquel asunto, pero de algo estaba seguro, nadie iba a aprovechar su esperma de hacía catorce años.

–Destruya la muestra.

–Para eso también hará falta su consentimiento por escrito –respondió la mujer.

–Mándeme el formulario por fax. Lo firmaré y se lo enviaré de vuelta.

–Muy bien, señor Maddox. Si me da su número, se lo haré llegar enseguida.

Flynn le dio los números de memoria mientras intentaba recordar todo lo que había pasado en torno a la ruptura. En seis meses había perdido a su padre, su carrera de arquitecto y a su mujer. Un año después de que Renee se marchara, Flynn recibió los papeles del divorcio, lo que reabrió la herida que nunca llegó a sanar del todo. Una furia ciega volvió a dominarlo, no sólo contra Renee por haberse rendido tan fácilmente, sino también contra él mismo por permitir que su matrimonio se echara a perder. No había nada que odiara más que el fracaso, sobre todo cuando era el suyo.

El fax emitió un pitido que alertaba de un documento entrante. Leyó el membrete y volvió a dirigirse a la mujer que estaba al teléfono.

–Ya ha llegado. Se lo enviaré en menos de un minuto.

Colgó y sacó las hojas de la máquina. Las leyó rápidamente, las firmó y las envió de vuelta.

Lo último que recordaba de los papeles del divorcio era que su hermano le había prometido enviarlos, después de que hubieran permanecido más de un mes en la mesa de Flynn porque éste no había tenido el valor de romper aquel último vínculo con Renee. ¿Qué había sido de esos documentos una vez que Brock se hizo cargo de ellos?

Un escalofrío le recorrió la espalda. No recordaba haber recibido una copia de la sentencia de divorcio… Y sus amigos divorciados le habían dicho que siempre se recibía una notificación oficial por correo.

Pero él estaba divorciado de Renee. Los papeles estaban en regla. El divorcio se había hecho efectivo… Entonces, ¿por qué ella le mentía a la clínica?

Se le formó un nudo en la garganta. Renee era la persona más sincera que conocía.

Agarró el teléfono para llamar a su abogado, pero se lo pensó mejor y dejó el auricular. Andrew tendría que rastrear la información hasta darle alguna respuesta, y a Flynn nunca se le había dado bien esperar de brazos cruzados.

Era mucho más rápido recurrir a Brock.

Abrió la puerta del despacho con tanta brusquedad que asustó a su secretaria.

–Cammie, voy al despacho de Brock.

–¿Quiere que lo llame a ver si está libre?

–No, no hace falta. Va a tener que atenderme de todos modos.

Sus pasos resonaron en el suelo de roble mientras se dirigía rápidamente hacia el ala opuesta de la sexta planta. El despacho de Brock estaba situado en la esquina oeste del edificio. Flynn saludó con la cabeza a Ellie, la secretaria de su hermano, pero no hizo el menor ademán de detenerse e irrumpió en el despacho sin llamar a la puerta, ignorando las protestas de Ellie.

Sorprendió a su hermano en mitad de una llamada. Brock levantó la mirada hacia él y le indicó con el dedo que esperara, pero Flynn negó con la cabeza, le hizo un gesto para que colgara y cerró la puerta.

–¿Algún problema? –le preguntó Brock tras colgar el teléfono.

–¿Qué hiciste con los papeles de mi divorcio?

Brock se echó hacia atrás en el asiento. La sorpresa se reflejó en sus ojos, tan azules como los que Flynn veía en el espejo cada mañana, pero rápidamente dejó paso a una expresión de cautela.

–Los enviaste por correo, ¿verdad, Brock? –lo acució Flynn.

Su hermano se levantó y exhaló lentamente el aire. Abrió un cajón con llave y sacó unas cuantas hojas.

–No –murmuró.

Flynn se quedó de piedra.

–¿Cómo que no?

–Se me olvidó.

–¿Que se te olvidó? –repitió Flynn sin salir de su asombro–. ¿Cómo es posible?

Brock se llevó una mano a la nuca y puso una mueca, visiblemente incómodo.

–Al principio retuve los papeles, porque estabas tan destrozado por la pérdida de Renee que albergaba la esperanza de que superarais vuestras diferencias. En parte me sentía responsable por los problemas que sufrió tu matrimonio, ya que no dejaba de presionarte para que dejaras el trabajo que tanto te gustaba y te convirtieras en el vicepresidente de Maddox Communications. Y después… sencillamente se me olvidó. Admito que fue un fallo imperdonable, pero recuerda que todos pasamos por momentos muy difíciles tras la muerte de papá.

A Flynn no se le sostenían las piernas. Se dejó

caer en un sillón y hundió la cabeza en las manos. Aún estaba casado… Con Renee.

Y si ella se hacía pasar por su mujer, era obvio que también sabía que el divorcio no se había hecho efectivo. La pregunta era ¿desde cuándo lo había sabido? ¿Y por qué no lo había llamado para recriminarle que no hubiera enviado los papeles? Ni siquiera le había mandado a su abogado.

—¿Estás bien, Flynn?

Claro que no estaba bien…

—Sí —respondió automáticamente. Nunca había compartido sus problemas con nadie, y no iba a empezar ahora.

Sin embargo, a medida que la conmoción se disipaba, una emoción completamente distinta ocupaba su lugar. Esperanza… O más bien, excitación.

No estaba divorciado de su mujer.

Tras años de silencio tenía una razón de peso para contactar con ella. No sólo para preguntarle por qué quería aprovecharse de su esperma congelado y no sólo para decirle que seguían casados, sino para saber por qué ella pretendía tener un hijo suyo… La situación le parecía tan irreal que sentía estar flotando en una nube.

—Llamaré a mi abogado para averiguar en qué situación me encuentro. Y mientras tanto, me tomaré unos días libres.

—¿Tú? Pero si tú nunca descansas… Además, por mucho que odie decirlo, no es un buen momento para tomarse unas vacaciones.

—Me da igual. Tengo que ocuparme de esta situación, y debo hacerlo ahora.

–Supongo que tienes razón… Te pido disculpas. Si hubieras mostrado el menor interés por cualquier otra mujer, tal vez me habría acordado de esos papeles. O tal vez no. Es una excusa muy pobre, pero es la verdad. Y dime… ¿a qué se debe este repentino interés en tu divorcio? ¿Es que Renee piensa volver a casarse?

Flynn se estremeció. Era lógico que Renee hubiera salido con otros hombres desde su separación, pero la idea le despertaba unos celos que deberían haber muerto hace mucho. Se levantó y agarró el documento que tenía que haber puesto fin a su matrimonio. Decidió que no le contaría nada a Brock sobre la inseminación artificial. Era mejor que nadie más lo supiera.

–No conozco los planes de Renee. Hace años que no la veo –ella lo había querido así. Pero ahora tendrían que volver a verse, y sólo de pensarlo se le aceleraban los latidos.

–Flynn, no es necesario que te recuerde que debemos mantener todo este asunto en privado, pero aun así voy a hacerlo… Si esto sale a la luz, quedaremos en una posición muy débil frente a Golden Gate Promotions. Y lo último que quiero es que ese bastardo de Athos Koteas saque partido.

La mención de su rival estuvo a punto de sofocar el entusiasmo de Flynn.

–Lo entiendo.

Regresó a su despacho y fue directamente hacia la trituradora de papel. Desde la ventana se veía el perfil de la ciudad bajo el sol matinal, como simbolizando un nuevo comienzo. Perder a Renee fue lo peor que le había pasado, pero la negligencia de su hermano mayor le había dado la oportunidad perfecta para saber si aún sentía algo por ella, y de ser así, para intentar recuperarla.

Introdujo uno a uno los papeles del divorcio en la trituradora, y se deleitó con el chirrido de la máquina al hacer trizas el mayor fracaso de su vida.

Al acabar sintió ganas de celebrarlo, pero lo que hizo fue sentarse ante el ordenador.

Lo primero era localizar a su esposa.

MADCOM2.

La matrícula del BMW color azul llamó la atención de Renee al girar en el camino de entrada a su casa. A punto estuvo de tirar el buzón con el parachoques de su minifurgoneta, pero sus rápidos reflejos lo impidieron en el último segundo.

MADCOM significaba Maddox Communications.

El estómago le dio un vuelco. Conocía muy bien al propietario de aquel vehículo, gracias al número 2 que aparecía en la matrícula. Se trataba de su ex… no, no era su ex. Seguía siendo su marido, y estaba bajando del coche.

Desde que escuchó el mensaje de la clínica informándola de que su petición para usar el esperma de Flynn le había sido denegada, supo que sólo era cuestión de tiempo que Flynn fuera a buscarla. La clínica debía de haberse puesto en contacto con él, tal y como su abogado le había advertido.

Pero no se esperaba ver a Flynn acercarse a su coche y esperar a que le abriera la puerta. Con el corazón desbocado, retiró la llave del contacto,

13

agarró el bolso del asiento contiguo y salió, intentando aparentar tranquilidad, ignorando la mano que Flynn le ofrecía. Aún no podía tocarlo, y no estaba segura de que pudiera volver a hacerlo alguna vez, ni siquiera de la forma más natural.

Echó la cabeza hacia atrás y miró al hombre al que había amado con todo su ser. El mismo hombre que le había roto el corazón.

Flynn había cambiado mucho y al mismo tiempo nada. Sus ojos eran de un azul radiante y su pelo, negro como el azabache, aunque empezaban a aparecer canas por las sienes. Seguía siendo tan ancho de hombros como lo recordaba, y no parecía haber ganado ni un gramo. En todo caso, su mentón parecía más recio.

Pero los últimos siete años también le habían pasado factura. Tenía algunas arrugas en torno a la boca que en su día ella tanto deseaba besar, así como en la ceja y alrededor de los ojos. Renee no creía que estuvieran producidas por la risa, aunque Flynn sonreía mucho al principio, antes de empezar a trabajar para Maddox Communications.

—Hola, Flynn.

—Renee… ¿O debería decir «esposa»? —su voz grave y profunda hizo estragos en sus nervios—. ¿Desde cuándo lo sabías?

Por un momento pensó en hacerse la tonta, pero no tenía sentido.

—Desde hace unas semanas, tan sólo.

—Y, sin embargo, no me llamaste para decírmelo.

—Igual que tú tampoco me llamaste para decirme que no habías firmado los papeles del divorcio.

Él frunció el ceño ante el tono de insolencia.

–No fue eso exactamente lo que ocurrió.

–Cuéntame –lo apremió ella, pero entonces recordó que llevaba pescado y marisco en la furgoneta–. Si no te importa, sigamos con esta conversación dentro. Tengo que llevar la compra a la cocina.

Abrió la puerta trasera del vehículo y él se adelantó para sacar la nevera portátil. Al hacerlo la rozó con el hombro y la cadera, lo que le provocó a Renee un hormigueo instantáneo por todo el cuerpo. Igual que antes… Maldijo la reacción de su cuerpo y se dijo a sí misma que no significaba nada. Había superado la ruptura y todas las emociones que sentía por Flynn. Él se había encargado de ello al hacerle trizas el corazón. Lo único que albergaba hacia él era un profundo resentimiento.

–¡Sujeta la puerta!

La orden de Flynn la sacó de sus divagaciones. Cerró la furgoneta y recorrió el camino intentando ver el exterior de su casa a través de los ojos de Flynn. Él no había puesto un pie allí desde los primeros días de su breve matrimonio, cuando aquélla era la casa de la abuela de Renee. Desde entonces había hecho muchos cambios, y el retiro original se había convertido en un acogedor centro de trabajo.

Había plantado flores bajo los naranjos y limoneros, había construido una fuente y había colgado cestos de helechos y un columpio en el porche. El año anterior limpió a fondo los cimientos de piedra y pintó de verde esmeralda el saliente de la fachada. Pero la mayor parte de las reformas se habían realizado en el interior.

Abrió la puerta principal y condujo a Flynn a través del vestíbulo y del salón hasta la cocina, su obra maestra.

–Has ampliado la cocina –observó él.

–Necesitaba una cocina grande para mi negocio de catering, así que añadí el porche trasero y transformé su viejo dormitorio en despacho.

«Deja de darle explicaciones», se ordenó a sí misma.

Se calló y observó con orgullo los electrodomésticos profesionales, las grandes encimeras de granito y los relucientes armarios blancos. El sueño de todo cocinero… Su sueño. Algo que se le había negado siendo la mujer de Flynn.

–Muy bonito. ¿Qué te animó a abrir tu propio negocio?

–Era algo que siempre había querido. Mi abuela me animó a dar el salto antes de morir, hace cuatro años.

La expresión de Flynn hacía suponer que no se había enterado de la muerte de su abuela. Renee debería habérselo comunicado, pero bastante dolorosa le resultó la pérdida como para tener que enfrentarse a Flynn en el funeral.

–Lo siento mucho –dijo él–. Emma era una mujer extraordinaria.

–Sí que lo era. No sé qué habría hecho sin ella, y la echo terriblemente de menos. Pero sé que le habría encantado esto… Otra generación de mujeres Lander dedicándose a alimentar a las masas.

–Estoy seguro.

Se quedaron en silencio y Renee miró la butaca favorita de su abuela. Había días en los que sentía

16

que su abuela velaba por ella, lo cual no era extraño. Emma había sido para ella una madre más que una abuela. Fue en quien se apoyó tras abandonar a Flynn, cuando llegó a aquella casa con el corazón destrozado, Emma la recibió con los brazos abiertos y le ofreció su casa todo el tiempo que fuera necesario.

–¿Dónde quieres que deje la nevera? –le preguntó Flynn.

–En el suelo, delante del frigorífico –metió rápidamente los diez kilos de gambas y los seis filetes de salmón en el enorme frigorífico Sub–Zero y se lavó las manos antes de volverse hacia él–. Bueno… ¿vas a decirme qué problema había en pegar en un sello en un sobre con los papeles del divorcio?

–Brock creyó que nos hacía un favor al darnos tiempo para que lo meditásemos con calma, y guardó los papeles en un cajón.

–¿Durante seis años?

–Y en ese cajón habrían seguido si no hubieras intentado hacerte con mi esperma –entornó la mirada y se apoyó con los brazos cruzados en la encimera–. Así que aún quieres tener un hijo mío…

El tono de su voz la hizo ponerse en guardia.

–Quiero tener un hijo –recalcó–. Y tú eras el único donante de semen al que conocía.

–¿Pensabas tenerlo sin decirme nada?

Ella puso una mueca.

–Puede que no fuera la decisión más acertada, pero después de examinar a los otros posibles donantes albergaba demasiadas dudas. Claro que ahora que te has negado tendré que recurrir a cualquier candidato anónimo.

Él la miró fijamente y sin pestañear.

–Eso no será necesario.

–¿Qué quieres decir?

–Renee… siempre he querido que tuvieras un hijo mío.

–Eso no es verdad. Te lo pedí hace siete años. Mejor dicho, te lo supliqué. Y tú te negaste.

–No era el momento. Intentaba adaptarme a mi nuevo trabajo.

–Un trabajo que odiabas y que te convirtió en un desgraciado.

–Mi hermano y la empresa me necesitaban.

–Y yo también, Flynn. Necesitaba al hombre del que me enamoré y con el que me casé. Estaba dispuesta a ayudarte a superar la pérdida de tu padre, pero no podía quedarme al margen y ver cómo ese trabajo acababa contigo. Renunciaste a tu sueño de convertirte en arquitecto y te convertiste en un extraño taciturno y reservado. No hablábamos ni hacíamos el amor, y apenas ponías un pie en casa.

–Estaba trabajando, no engañándote.

–Ver como nuestro amor moría fue más de lo que podía soportar.

–¿Cuándo murió?

–Dímelo tú –cuando Renee recurrió al alcohol para ahogar su desgracia supo que, por mucho que amara a su marido, acabaría igual que su alcohólica madre si no salía de aquella relación. Si permanecían juntos, Flynn acabaría odiándola igual que los amantes de su madre la habían ido despreciando a lo largo de los años.

Renee recordaba vivamente las peleas, los portazos, los coches alejándose y esos «tíos» a los que nunca volvía a ver. Ella no podía pasar por lo mismo, y jamás criaría a un hijo en un ambiente similar.

–Te amé hasta el día en que me dejaste –le dijo Flynn–. Podríamos haber hecho que funcionara, Renee, si nos hubieras dado una oportunidad.

–No lo creo. Tu trabajo te consumía por completo –intentó sacudirse los malos recuerdos–. Haré que mi abogado prepare otra vez el papeleo. Al igual que antes, tampoco ahora quiero nada de ti.

–Salvo mi hijo.

Otro sueño perdido. En una ocasión habían hablado de tener una familia numerosa. Renee quería tener tres o cuatro hijos, porque odiaba haber sido hija única.

–Como ya te he dicho, buscaré otro donante.

–No tienes porqué hacerlo.

A Renee le dio un vuelco el corazón.

–¿Qué quieres decir?

–Puedes tener un hijo mío.

Ella se obligó a respirar a través del nudo que se le había formado en el pecho.

–En la clínica me dijeron que habían destruido tu muestra. ¿Vas a hacer otra donación?

–No me refiero a una muestra de esperma congelado ni a la inseminación artificial.

–¿Qué sugieres entonces, Flynn? –preguntó ella sin poder evitar que le temblara la voz.

–Te daré un hijo… de la forma habitual.

La idea de volver a hacer el amor con Flynn la dejó tan anonadada que tuvo que apoyarse en la encimera. Pero al mismo tiempo sintió un atisbo de deseo. Era innegable que se habían compenetrado a las mil maravillas en la cama y que con ningún otro hombre podría sentir nada parecido. Pero de todos modos no podía arriesgarse.

–No, esa opción es imposible. Nunca he tenido sexo por sexo, y no voy a empezar ahora.

–No sería sexo por sexo, ya que aún estamos casados Sé lo mucho que te afectó no saber quién era tu padre. De esta manera sabrás quién es el padre de tu hijo, y además dispondrás de mi historial médico.

La tentación era demasiado fuerte y peligrosa.

–¿Por qué harías algo así?

–Tengo treinta y cinco años. Es hora de pensar en los hijos.

Un nuevo temor asaltó a Renee.

–No busco a alguien para que forme parte de la vida de mi hijo.

–¿Cuánto tiempo dedicas a tu negocio de catering? ¿Cincuenta, sesenta horas a la semana? ¿Cuándo tendrás tiempo para ser madre?

¿Acaso Flynn la había estado espiando?

–Sacaré tiempo.

–¿Igual que hizo Lorraine?

Renee puso una mueca de dolor.

–Eso es un golpe bajo… incluso viniendo de ti, Flynn.

Su madre había trabajado como jefa de cocina en los mejores restaurantes de Los Ángeles para luego volver a casa a beber hasta perder el sentido. Como suele pasar con los alcohólicos, nadie, salvo su familia, se enteraba de su estado. Su madre supo ocultarles su alcoholismo a sus empleados y al resto del mundo.

—Será más sencillo educar a un hijo en común, sin contar que sería mucho más beneficioso para el niño. Además, sería una buena medida de seguridad, por si acaso nos sucede algo a alguno de los dos.

Renee se echó hacia atrás, horrorizada.

—Puede que sigamos casados, pero no vamos a seguir así.

—Quiero estar a tu lado durante el embarazo y durante el primer año de vida del bebé. Después de eso podemos ir cada uno por nuestro lado, siempre que mantengamos la custodia compartida. Y dejaremos la puerta abierta para que nuestro hijo tenga los hermanos que tú nunca tuviste.

—¿Más hijos? ¿Te has vuelto loco? —exclamó, aunque tenía que admitir que la idea la tentaba poderosamente.

—Quiero ser padre, Renee. Quiero formar una familia.

—¿No tienes ninguna amiguita que pueda…?

—Yo podría hacerte la misma pregunta. ¿Hay algún hombre en tu vida?

—No salgo con nadie —estaría loca si volviera a arriesgar mi corazón y mi salud. Sacudió la cabeza y se alejó al otro lado de la cocina—. Gracias por tu generosa oferta, pero me quedaré con mi catálogo de donantes.

—¿Prefieres confiar en un cuestionario tan poco fiable como un anuncio de contactos?

Era una pregunta que ella misma se había hecho. Había ligado lo suficiente por Internet para saber que los hombres rara vez decían la verdad.

—Tendré cuidado a la hora de elegir.

–Piensa en ello, Renee. Piensa en los planes que hicimos. En la casa que compramos y reformamos juntos con el propósito de formar una familia. El jardín. El perro… Tu hijo podría tener el lote completo.

A Renee se le encogió el corazón.

–¿Todavía conservas la casa?

–Sí.

Habían pasado los seis primeros meses de su matrimonio reformando la bonita casa victoriana de Pacific Heights. Los segundos seis meses Renee los pasó vagando en solitario por las habitaciones vacías mientras intentaba salvar su matrimonio agonizante. Al final sólo pudo salvarse a sí misma.

–Es una locura, Flynn.

–También lo fue irnos a Las Vegas para casarnos. Y aun así funcionó.

–Por un tiempo. Y por la matrícula de tu coche, veo que sigues trabajando en Maddox Communications. Nada ha cambiado…

–Ahora es distinto. El trabajo no me consume tanto tiempo como antes. Vente a vivir conmigo y tengamos un hijo, Renee.

Ella se quedó boquiabierta.

–¿Que me vaya a vivir contigo, dices? ¿Y qué pasa con mi trabajo? Me ha costado años levantar este negocio. No puedo ausentarme todo un año y esperar que mis clientes me estén esperando cuando vuelva. Y no puedo ir y venir todos los días desde tu casa; son cinco o seis horas en coche, sin contar con el tráfico.

–He visitado tu página web. Tienes una ayudante «con un talento increíble», o al menos eso aparece en tu blog. Puedes dejar el negocio en sus manos y expandirlo en la zona de San Francisco. Tengo contactos que podrían ayudarte.

Era indudable que Flynn sabía cómo negociar y persuadir. Renee confiaba en Tamara para hacerse cargo del negocio, y a través de Maddox Communications podría llevar a California Girl's Catering a las más altas cotas del mercado en San Francisco.

Pero ¿merecería la pena correr el riesgo?

–Ten a mi hijo. Deja que pasemos el primer año de su vida bajo el mismo techo. Después, te concederé el divorcio y te pasaré la pensión correspondiente.

Una parte de ella, minúscula y sentimental, quería aceptar la oferta. Renee siempre había querido creer que Flynn sería un padre maravilloso, la clase de padre que ella querría haber tenido. Había visto lo paciente y alentador que podía ser cuando le enseñaba los rudimentos de la restauración. Pero dejarlo entrar de nuevo en su vida era un riesgo demasiado grande.

Claro que… ahora era una mujer más sabia, fuerte y madura. Podría manejar la situación con soltura.

Quizá se había vuelto loca, porque realmente estaba considerando su oferta. Aunque tal vez podría funcionar. Sólo tenía que concentrarse en el resultado. Un bebé. Alguien a quien darle todo su amor y cuidado. Pero para conservar el juicio y la dignidad tendría que establecer algunas reglas básicas.

–Flynn, es una locura que nos liemos sólo por tener un hijo.

–Podría funcionar… para ambos.

–Si acepto, necesitaré ayuda para encontrar un espacio en San Francisco donde poder cocinar.

–Me ocuparé de ello.

Renee se frotó las manos. El corazón le latía desbocadamente y le costaba tragar saliva.

–Está bien… Lo pensaré, pero pondré algunas condiciones.

Un brillo triunfal destelló en los ojos de Flynn.

–Tú dirás.

–Necesitamos tiempo para volver a conocernos y asegurarnos de que esta locura pueda funcionar antes de meternos en la cama.

–¿Cuánto tiempo?

–No lo sé. Un mes, supongo. Con eso debería bastar para saber si somos compatibles o no.

–Concedido.

–Si no funciona, volveremos a separarnos y tú firmarás los papeles del divorcio.

–Descuida.

El pánico se apoderaba de ella por momentos, como si se estuviera ahogando y necesitara aire. ¿Estaba tan loca como para tener un hijo de un matrimonio destrozado? Por otro lado, ella y Flynn nunca habían tenido la clase de discusiones que su madre tenía con sus amantes. Su hijo jamás se sentiría motivo de discordia en una pareja. Desde el primer día, sabría que era querido y que había sido concebido con ilusión, no como un error que lo marcaría de por vida.

–Quiero… quiero tener mi propia habitación. Dormiremos juntos cuando sea el momento, y sólo si decidimos seguir adelante con el plan.

Él frunció el ceño.

—Si insistes.

—Insisto.

—¿Algo más?

Renee se estrujó los sesos en busca de alguna defensa que erigir entre ellos, pero el caos que reinaba en su cabeza le impedía pensar.

—Por ahora, no. Pero me reservo el derecho a hacerlo más adelante, en caso de que fuera necesario.

—Acepto tus condiciones, y yo ya tengo algunas mías.

Ella se puso muy rígida.

—Oigámoslas.

—Quiero que el verdadero motivo quede entre nosotros. Es absolutamente crucial que nuestra familia, nuestros amigos y nuestros clientes vean esto como un intento de reconciliación definitiva, y no como un acuerdo temporal para tener un hijo.

¿Podría fingir esa clase de felicidad? No estaba muy segura, aunque por un hijo haría lo que hiciera falta.

—Supongo que será lo mejor a largo plazo… sobre todo si tenemos ese hijo.

—Entonces ¿trato hecho?

Las dudas se arremolinaban en su cabeza.

«Piensa en el bebé. Un niño precioso de ojos azules, con el pelo negro y mofletes».

Asintió y extendió la mano. Flynn la agarró con sus largos dedos y tiró de ella al tiempo que daba un paso hacia delante para besarla en la boca. El desconcierto dejó paralizada a Renee, pero fue rápidamente barrido por un aluvión de sensaciones incontroladas y muy familiares. A pesar de la considerable diferencia de estatura, un metro ochenta y cinco contra apenas un metro sesenta, sus cuerpos siempre habían encajado a la perfección, como dos piezas de un puzzle. Flynn deslizó el muslo entre sus piernas y la rodeó con sus fuertes brazos para apretarla contra el pecho. Para ella fue como si nunca hubiera abandonado aquellos brazos. De nuevo estaba donde debía estar…

Horrorizada, lo empujó con fuerza y se echó hacia atrás mientras intentaba recuperar el aliento. Pero no consiguió sofocar el deseo que ardía en sus venas.

–¿Por qué has hecho eso?

–Estaba sellando nuestro trato.

–No vuelvas a hacerlo.

–¿No se me permite tocarte?

–No. No hasta que… sea el momento.

–Renee, para hacer que nuestra reconciliación parezca real, tendremos que tocarnos, besarnos y comportarnos como si estuviéramos enamorados.

–Soy proveedora, no actriz.

Él le acarició la mejilla y luego bajó por el cuello. Renee se estremeció y sintió como se le endurecían los pezones.

–Escucha a tu cuerpo… Te está diciendo que aún me deseas.

Renee se quedó boquiabierta ante su atrevimiento. Pero por desgracia, decía la verdad. La reacción que había tenido a un simple beso demostraba hasta qué punto seguía deseando a su marido.

Si no tenía cuidado, Flynn Maddox volvería a romperle el corazón. O peor aún, podría llevarla a destruirse ella misma. Y entonces no podría servir para nada… ni ser una buena madre.

Capítulo Dos

«Como en casa en ningún sitio».

Pero aquélla no era su casa, se recordó Renee el viernes por la noche. Se le hizo un nudo en el estómago al mirar la casa victoriana de ladrillo con sus balaustres de color crema y su saliente rojizo.

La puerta de madera con su cristal ovalado se abrió y Flynn salió al porche, vestido con unos vaqueros descoloridos y una camiseta azul. Seguramente había estado esperándola, y a Renee le pareció el mismo hombre del que se había enamorado perdidamente ocho años y medio atrás. Pero aquel amor había muerto de la forma más dolorosa posible. Y por nada del mundo se permitiría volver a sentirlo.

Un cúmulo de emociones contradictorias se agitó en su interior mientras Flynn bajaba los escalones y se detenía a escasos centímetros de ella.

—Yo llevaré estas maletas. Tú lleva el resto de tu equipaje.

Renee bajó involuntariamente la mirada a sus labios, pero enseguida la apartó.

—Esto es todo lo que he traído.

Sólo había llevado con ella lo mínimo necesario. Al fin y al cabo, sólo iba a ser una estancia temporal y no quería que Flynn, ni ella misma, se hiciera una idea equivocada.

–Si necesito algo más, lo traeré cuando haga mis visitas semanales a Tamara para ver cómo lleva el negocio.

Él no pareció del todo satisfecho, pero tampoco discutió.

–¿Quieres meter tu coche en el garaje?

–No, gracias. ¿Llegaste a hacer algo con el resto del sótano? –durante las reformas, Flynn había usado el sótano para guardar las herramientas. Pero al ser tan grande y con ventanas al jardín trasero era una lástima desperdiciarlo como simple trastero o despensa.

–Aún no, pero tengo algunas ideas.

Renee volvió a observar la fachada de la casa.

–No parece que hayas hecho muchos cambios por fuera.

–Es difícil mejorar lo que ya es perfecto. Hicimos un buen trabajo con Bella.

Bella… Era el nombre que le habían dado a la casa.

Flynn la agarró de la mano sobre las asas de las maletas, provocándole un escalofrío por el brazo. Estaba muy cerca de ella y olía maravillosamente bien. Los recuerdos más felices del pasado se abrían peligrosamente camino, de modo que Renee intentó contenerlos y dejó el equipaje en manos de Flynn para poner distancia entre ellos.

Él levantó las maletas como si no pesaran nada y subió los escalones. Ella lo siguió, pero se detuvo en el porche para girarse y admirar la vista. Otras mansiones del siglo XIX se alineaban en la cresta de la colina como un arco iris de color. En días claros como aquél se podía ver el puente Golden Gate, la antigua prisión de Alcatraz y las Marin Headlands al norte. La zona comercial y de ocio estaba colina abajo y rodeando la manzana.

–Vamos, Renee.

El miedo ralentizaba su tiempo de reacción. Lentamente, le dio la espalda a las maravillosas vistas que tanto encarecían el precio de aquellos inmuebles y entró en la casa. En cuanto puso un pie en el vestíbulo la invadió la nostalgia. Era como si sólo hubiera pasado un día desde que se marchara de allí. Los cálidos colores que habían elegido para las paredes la recibieron exactamente igual a como recordaba, e incluso persistía el delicioso olor a vainilla y canela.

Los brillantes suelos de parqué se extendían en todas direcciones. La escalera con su bonita barandilla de color marfil ocupaba una pared lateral. A la izquierda del vestíbulo estaba el salón, y a la derecha quedaba el comedor.

Renee se obligó a volver al presente.

–¿Has acabado ya la tercera planta?

–No tenía mucho sentido que lo hiciera.

Las habitaciones de los hijos habrían estado en la tercera planta, que contaba con tres dormitorios y un cuarto de juegos.

–No puedes abandonar, Flynn. Bella se merece que la acabes.

–Ahora que has vuelto, quizá podamos ocuparnos de ello…

Renee intentó ignorar el uso que hacía Flynn del plural.

La casa estaba en un estado lamentable cuando Flynn la compró hacía diez años. Estaba reformando la primera planta cuando él y Renee se conocieron en un almacén de pintura al que ella había ido para buscar una marca de pintura imposible de encontrar en Los Ángeles. Él le había pedido su opinión sobre un color para la fachada, y el resto, como se suele decir, es historia.

Se sucedieron muchas citas, así como los primeros seis meses del matrimonio, acabando la primera planta y acometiendo las reformas de la segunda. Se disponían a empezar con la tercera cuando Flynn perdió a su padre y cambió de trabajo, perdiendo todo interés en las obras de la casa, en su matrimonio y en ella. Renee siguió con las reformas a solas, pero ya no era lo mismo. Sin Flynn a su lado no le hacía ilusión acabar nada, y cuando él se negó a tener un hijo, el cuarto de los niños dejó de tener sentido.

–Puedes elegir habitación –le dijo él mientras subía la escalera–. El dormitorio de invitados o el principal.

¿Y enfrentarse a los recuerdos que impregnaban la enorme cama de matrimonio y la bañera con patas? No, gracias. Habían llenado de recuerdos eróticos cada rincón de la casa, pero aun así quería poner entre Flynn y ella la mayor distancia posible.

–Me quedaré la habitación con balcón –decidió. Allí habían hecho el amor sobre un plástico manchado de pintura, y durante las semanas siguientes Renee siguió encontrándose restos de pintura en el pelo y en otras zonas más íntimas de su cuerpo. Pero aquel plástico y aquel día pertenecían a un pasado muy lejano.

Flynn frunció el ceño.

–¿Estás segura? Esa habitación da a la calle…

–Uno de los dos tiene que dormir ahí, y por aquí apenas hay tráfico. Siempre me pareció que ese balcón sería un lugar muy agradable para que los invitados tomasen café por la mañana. Tendrás que admitir que las vistas son increíbles.

Flynn llevó el equipaje a la habitación indicada y lo dejó en la cama de hierro.

–Ya sabes dónde está todo. Ponte cómoda.

–Gracias –lo dijo con una voz tan fría como si fuera una desconocida, y no la persona que había elegido la decoración del dormitorio, desde la colcha Wedding Ring hasta la alfombra.

–Cuando acabes de deshacer el equipaje, iremos a cenar a Gianelli's.

Los recuerdos del pintoresco restaurante italiano la golpearon con fuerza.

–No intentes aparentar que todo es igual que antes, Flynn. Porque no lo es.

–Las personas que nos conocen esperarán que celebremos nuestra reconciliación en nuestro restaurante favorito.

Tenía razón, por desgracia. Para conseguir que aquella farsa pareciera real tendría que enfrentarse a los demonios del pasado.

–Nuestra supuesta reconciliación –corrigió.

Él inclinó la cabeza, y a Renee le invadió la resignación. Aquella farsa iba a obligarla a hacer cosas que no quería hacer.

–Dame media hora –murmuró. Tal vez para entonces hubiera encontrado el valor que necesitaba.

A Flynn le gustaba que los planes salieran bien, y hasta el momento todo iba sobre ruedas. Renee estaba instalada en su casa. En su cama aún no, pero muy pronto lo estaría.

La agarró de la mano al entrar en Gianelli's, igual que habían hecho tantas veces. Ella dio un pequeño respingo e intentó retirar la mano, pero con el tirón se tropezó y a punto estuvo de caer. Flynn la agarró con fuerza y tiró de ella hacia su costado.

–¿Qué haces? –le preguntó Renee, mirándolo con sus grandes ojos azul violeta.

–Agarrarte de la mano. Seguro que puedes soportarlo para guardar las apariencias, ¿verdad?

–Supongo.

Él aspiró el olor familiar de su perfume Guccy Envy Me. Le gustaba tenerla pegada a él, y quería entrelazar las manos en sus largos cabellos rubios y besarla hasta que se derritiera contra su cuerpo. Pero para eso tendría que esperar a que Renee estuviera más receptiva. El beso anterior había respondido a la pregunta más importante: seguía habiendo química entre ellos, lo que suponía un buen comienzo para enmendar lo que se había roto.

Sintió la tensión que despedían los dedos de Renee y buscó la manera de distraerla.

–He buscado algunos inmuebles por la zona.

–¿Y?

–Hay donde elegir, pero todo depende de tu presupuesto. Te enseñaré lo que he encontrado cuando volvamos, junto a las ideas que tengo para el sótano.

El rostro de Renee se iluminó de interés.

–¿Qué has decidido hacer en el sótano?

–Tendrás que esperar a que lleguemos a casa.

–Por favor… –le suplicó ella con una sonrisa, pero enseguida se puso seria. Sin duda estaba acordándose de las ocasiones en que él la había provocado hasta el límite de la excitación para luego hacerla suplicar clemencia.

Flynn empezó a excitarse por el recuerdo y se concentró en lo que pensaba enseñarle después de la cena. Los planes para el negocio de Renee lo habían llenado de un entusiasmo que no experimentaba hacía mucho tiempo. A punto estuvo de revelárselos cuando ella le preguntó por un espacio apropiado para el negocio, pero antes tenía que agasajarla con buena comida, buen vino y buenos recuerdos, para que estuviera lo más receptiva posible.

Entraron en el restaurante y fueron recibidos por Mama Gianelli, a la que Flynn había enviado un mensaje para avisarla. Ella y Renee se habían conocido años antes, cuando Renee le pidió consejo para una receta.

Mama Gianelli chilló de gozo al verla y se lanzó hacia ella para abrazarla y besarla en las mejillas.

–Me llevé una gran alegría cuando Flynn me pidió que os reservara una mesa. Estoy muy contenta de que hayas vuelto al lugar al que perteneces, Renee. Te he echado mucho de menos, a ti y a tu encantadora sonrisa.

Por primera vez desde que volvió a entrar en la vida de Flynn, Renee esbozó una verdadera sonrisa. Por desgracia, no iba dirigida a él.

–Yo también te he echado de menos, Mama G.

–Y este señorito no ha estado comiendo nada bien –dijo Mama G, señalando a Flynn con un gesto de reproche–. Míralo. Está en los huesos.

Flynn se incomodó, pero entonces se encontró con la escrutadora mirada de Renee y su cuerpo experimentó una reacción muy distinta.

Mama G enganchó su brazo con el de Renee.

–Vamos. Tengo preparada vuestra mesa.

Flynn siguió a las dos mujeres hacia un rincón del fondo, deleitándose con el bonito trasero de su esposa. Renee había ganado un poco de peso desde la separación, pero lo tenía muy bien repartido y su jersey blanco y pantalones grises realzaban su magnífica figura, excitando a Flynn como ninguna otra mujer lo había excitado en los últimos años.

–Os llevaré una botella de tu Chianti favorito –dijo la *signora* Gianelli.

–Para mí no, gracias –rechazó Renee.

Flynn se sorprendió por su negativa a tomar vino, pero decidió seguirle la corriente.

–Para mí tampoco.

Mama Gianelli se alejó y Renee abrió el menú. A Flynn le extrañó, pues Renee siempre había pedido lo mismo en aquel restaurante, alegando que en ninguna otra parte hacían unos *manicotti* de espinacas tan deliciosos. Quizá fuera una forma de intentar ignorarlo…

–¿No vas a pedir lo de siempre?

–Me apetece probar el pollo con gambas y mozzarella cubierto con salsa de limón –respondió ella sin mirarlo.

–Menudo cambio…

Ella asomó la mirada por encima del menú.

–He cambiado, Flynn. Ya no soy la ratita muerta de miedo que siempre intenta complacer a todo el mundo.

A Flynn le pareció notar un tono de advertencia en sus palabras.

–Todos cambiamos, Renee, pero en el fondo seguimos siendo los mismos.

La nieta de los Gianelli se acercó a la mesa para tomar nota. Flynn esperó a que se marchara y levantó su vaso de agua.

–Por nosotros y por nuestra futura familia.

Renee dudó un momento y levantó su vaso.

–Por el bebé que quizá podamos concebir.

A Flynn no se le pasó por alto el «quizá», pero prefirió no hacer ninguna observación y le agarró la mano por encima de la mesa. Ella se puso rígida al instante.

–¿Es necesario que me toques?

–Siempre nos agarrábamos de la mano mientras esperábamos la comida.

Ella siguió tensa, pero no intentó retirar la mano.

–¿Por qué es tan importante dar una imagen de pareja feliz?

No era la conversación íntima y relajada que él había planeado, pero comprendía que Renee necesitara conocer los hechos.

–Por culpa de la crisis económica las empresas están recortando drásticamente su presupuesto publicitario, por lo que la competencia es más encarnizada que nunca. Nuestro mayor rival, Golden Gate Promotions, intenta robarnos la clientela empleando métodos poco limpios.

–¿Como cuáles?

–Athos Koteas, el dueño de la empresa, está empeñado en destruirnos. Y para ello nos mostrará como una empresa inmoral, inestable e indigna de confianza.

–¿Cómo puede hacer eso?

–Difundiendo toda clase de rumores e insinuaciones. No sabemos de dónde saca la información, pero todo parece indicar que hay alguien infiltrado dentro de nuestra empresa. Algunos de nuestros mejores clientes son personas ultraconservadoras, y no dudarán en irse a la competencia ante el menor atisbo de escándalo. No pueden permitirse que los relacionen con una empresa donde haya asuntos turbios. Por eso nadie puede saber la verdad que se oculta tras este compromiso.

–Pero eso es como vivir en una burbuja de cristal, Flynn. No se puede mantener en secreto indefinidamente.

–Athos Koteas tiene setenta años. No vivirá para siempre. Pero ya está bien de hablar de mi trabajo.

–Me gusta oírte hablar de tu trabajo. Nunca hablabas de ello…

–Ya tenía bastante durante el día. No quería acordarme del trabajo por la noche –arguyó él, pero Renee tenía razón. Cuando trabajaba en Adams Architecture le gustaba tanto lo que hacía que a menudo se lo contaba a Renee durante la cena–. ¿Cómo está Lorraine?

Ella lo miró con severidad, pero se encogió de hombros y aceptó el cambio de tema.

–Igual que siempre. Trabaja en un restaurante de cinco tenedores en Boca Raton.

–¿Sigue cambiando de trabajo cada dos por tres?

Renee asintió.

–Se marcha de un sitio en cuanto se lleva mal con alguien.

–Es lo malo de su alcoholismo. Tienes mucha suerte de haber contado con tu abuela para disfrutar de un entorno más estable –le acarició la palma de la mano con la uña del pulgar. Ella retiró la mano y volvió a agarrar el vaso de agua, pero Flynn vio como se le ponía la piel de gallina–. Tienes muy buen aspecto, Renee. Parece que te sienta bien dirigir tu propio negocio.

–Gracias. Ser tu propio jefe tiene sus ventajas, y prefiero disfrutar de la libertad creativa en vez de ceñirme a las mismas recetas de siempre.

Cuando se conocieron, ella trabajaba para un famoso proveedor de Los Ángeles. Después de casarse, dejó aquel empleo y se trasladó a San Francisco.

Flynn había tenido mucho tiempo para pensar en el fracaso de su matrimonio, y llegó a la conclusión de que el primer error fue pedirle a Renee que se dedicara por completo a la vida doméstica. Renee procedía de una familia de clase trabajadora, lo que no le gustó nada a la madre de Flynn. Su abuela tenía un restaurante y su madre era chef. Ambos trabajos exigían un gran esfuerzo y tiempo, y consecuentemente la infancia de Renee transcurrió casi toda en la cocina de algún restaurante. A los catorce años, mientras Flynn se dedicaba a hacer maquetas y comportarse como un típico adolescente, ella atendía las mesas en su primer empleo. Muy pronto se acostumbró a ganar su propio salario y nunca se sintió cómoda recurriendo a Flynn para pedirle el dinero de la compra.

Renee no disfrutaba yendo de compras, a menos que guardara relación con las reformas de la casa. Tampoco era el tipo de mujer que pasara las horas muertas en un *spa*, por lo que no tuvo con qué distraerse cuando Flynn aumentó su horario laboral.

Lo único que le quedaba eran sus fantasías prematuras de ser madre.

Flynn se preguntó miles de veces qué habría pasado si él le hubiera permitido a Renee buscar otro trabajo o si hubiera accedido a tener un hijo. Se negó a formar una familia porque no quería ser el padre ausente que había sido el suyo.

Hijos… ¿Cuántos habrían tenido si él no se hubiera negado? Apartó rápidamente aquel pensamiento. El pasado no podía cambiarse. Lo único que podía hacer era aprender de sus errores y seguir adelante. Y esta vez no tenía intención de dejar escapar a su mujer.

Sería muy fácil olvidar que todo aquello era pura actuación, pensó Renee mientras Flynn le habría la puerta de casa.

Durante la cena había estado tan atento, ingenioso y locuaz como al principio de su relación.

Pero Renee no podía olvidar que Flynn ya había cambiado una vez, y que por tanto podía volver a cambiar. Además, el verdadero problema no era él, sino ella.

–Tengo un juego de llaves para ti –le dijo él, tan cerca de su oído que el aliento le acarició el pelo.

Ella se estremeció y se apresuró a poner distancia entre ambos.

–Dijiste que me enseñarías tus ideas para el sótano.

–Están en mi estudio, junto con las llaves. Espérame allí. Iré dentro de un momento.

Se dirigió a la cocina y Renee entró en la habitación situada bajo las escaleras. El despacho de Flynn olía igual que él, y Renee se sorprendió respirando hondo para deleitarse con su fragancia. La mesa seguía ocupando casi todo el espacio bajo la ventana. Le resultó extraño que no se hubiera deshecho de ella, ya que aquel mueble representaba la vida y la ilusión que Flynn había dejado atrás. A Renee siempre le había parecido una lástima que tirase por la borda cuatro años de universidad y cuatro años y medio de prácticas, justo cuando estaba tan cerca de conseguir recomendaciones y ponerse a diseñar casas.

Contempló con pesar los libros de arquitectura y los títulos académicos que seguían ocupando las estanterías y se encontró con la foto enmarcada del día de su boda.

Un nudo de melancolía se le formó en la garganta al ver a Flynn y a ella en la pequeña capilla blanca de Las Vegas, los dos sonrientes y felices, llenos de amor. Antes de que se rompiera la magia,

39

antes de que los ataques de la madre de Flynn empezaran a hacer mella, antes de que él perdiera a su padre... En el instante en que fue tomada la foto, Renee no podía sospechar lo triste y sola que llegaría a sentirse junto al hombre al que tanto amaba.

Flynn entró en el despacho con una botella de vino y dos copas.

–No me apetece –dijo ella.

Él frunció el ceño y dejó la botella y las copas en una mesa auxiliar.

–Dr. Loosen era tu vino favorito.

–Ya no bebo vino, salvo que tenga que probarlo para alguna receta. E incluso entonces sólo tomo un sorbo y después lo escupo.

–El vino te encantaba...

Ella se encogió de hombros.

–Eso era antes.

–¿Lo dejaste por culpa de tu madre?

Flynn no sabía nada de la mañana en que Renee despertó con una horrible resaca tras haberse emborrachado mientras esperaba a que volviera a casa. Y nunca lo sabría.

–En parte sí. ¿Y el sótano?

–Enseguida –Flynn descorchó el vino y, sin dejar de fruncir el ceño, se sentó tras su escritorio y abrió un cajón. Extrajo un juego de llaves y se lo tendió a Renee, quien por unos momentos no supo qué hacer. Si aceptaba aquellas llaves, estaría dando otro paso gigantesco hacia lo desconocido.

Finalmente agarró las llaves y sintió el frío metal al cerrar el puño.

Acto seguido, Flynn abrió una carpeta y la empujó sobre la mesa hacia Renee.

–Éstos son algunos locales que podrían servirte para tu negocio de catering.

Ella se inclinó para echar un vistazo, ahogó un gemido al ver el precio del primero y pasó al segundo. Flynn había anotado al margen los pro y los contra de cada inmueble, y a Renee se le fue encogiendo el corazón a medida que iba pasando las páginas. Los alquileres eran prohibitivos. Levantó la mirada y se encontró con los ojos entornados de Flynn fijos en ella.

–Esos alquileres no incluyen las reformas que tendrías que acometer para montar tu negocio. Y tú sabes mejor que yo cuánto te constarían esas reformas…

Renee barajó rápidamente las posibilidades. Aunque empleara todos sus ahorros tendría que pedir un préstamo para un proyecto de ese calibre. ¿Y realmente merecía la pena endeudarse por algo que tal vez no prosperara? En San Francisco la competencia era feroz, y si pedía un préstamo tan elevado no podría irse de la ciudad si la situación con Flynn se volviera insostenible. Se reprendió a sí misma por no haber pensado en los costes antes de aceptar el trato de Flynn.

–No tengo tanto dinero –admitió.

–Hay otra opción más económica –dijo él. Se levantó y se dirigió a la mesa de dibujo.

A Renee se le aceleró el pulso cuando vio la hoja llena de bocetos.

–¿Y esos planos?

Él la miró a los ojos y, por primera vez en muchos años, en su mirada azul volvió a arder la excitación que tanto atrajo a Renee en el almacén de pintura.

—Echa un vistazo.

Renee se acercó con cautela y vio el boceto que había hecho Flynn. Era una cocina muy parecida a la que Renee tenía en Los Ángeles, pero de mayor tamaño, con más superficie de trabajo y ventanas más grandes. El diseño incluía una zona de oficina para el trabajo administrativo o para atender a los clientes, y también un patio con mesas y una fuente.

—Es precioso, Flynn. ¿Dónde está?

—En nuestro sótano.

Las alarmas se dispararon en su cabeza.

—Pero…

Él levantó una mano para interrumpirla.

—Escúchame. El sótano está exento de alquiler y se accede por una entrada distinta a la de la casa. Podrías trabajar allí y tener una niñera para que cuide del bebé. Así podrías subir a ver a nuestro hijo cada vez que quisieras.

«Nuestro sótano». «Nuestro hijo».

Aquellas palabras implicaban un compromiso a largo plazo. Un compromiso que ella no estaba preparada para asumir.

—No es buena idea invertir tanto dinero en un lugar de trabajo temporal, Flynn.

—¿Quién ha dicho que vaya a ser temporal?

El pánico volvió a apoderarse de ella.

—Lo digo yo. Aunque mi negocio prospere en San Francisco y decida mantenerlo, contrataré a un encargado y volveré a Los Ángeles con mi hijo. Hemos acordado que nos divorciaremos cuando el bebé tenga un año.

—Piensa en ello, Renee. No vas a encontrar un lugar más barato que éste. Es un buen sitio para trabajar. Está cerca de los restaurantes y tiendas, por lo que será muy fácil encontrar clientes.

No sólo tenía razón, sino que estaba pintando una imagen casi irresistible.

Ella quería negarse, pero era una locura vivir en San Francisco sin otra ocupación que esperar a que Flynn volviera del trabajo. Ya había probado esa clase de vida y no quería repetirla, ni siquiera por un hijo. No podía depender económicamente de Flynn.

Necesitaba trabajar, y además tenía que hacerlo por su cuenta. Si trabajaba para otra empresa de catering no dispondría de libertad para ayudar a Tamara en Los Ángeles cuando fuera necesario. Por no mencionar que supondría un conflicto de intereses… Nadie se arriesgaría a contratarla si tenía su propia empresa, por temor a que pudiera robarles sus recetas.

Por desgracia, la opción que le ofrecía Flynn era la mejor y la peor de todas las posibles. Abrir una sucursal de California Girl's Catering en su bonita casa victoriana era la única manera de introducirse en el mercado de San Francisco con una mínima posibilidad de éxito.

Pero ¿de verdad quería comer, dormir y trabajar a la sombra de Flynn? ¿Sería capaz de soportar tanta presión? La última vez que lo intentó, el estrés acabó agotándola física y emocionalmente.

Si quería preservar su cordura, la solución de Flynn tendría que ser temporal. Si su negocio prosperaba en San Francisco, buscaría otro local en cuanto se lo permitieran los ingresos. De esa manera estaría cerca de Flynn para que éste pudiera ver a su hijo, sin que pareciese que ella quisiera perderlo de vista.

«Puedes hacerlo. Eres fuerte. Tú no bebes ni te derrumbas porque el mundo esté en tu contra. Tu hijo o tu hija sabrá que lo quieres desde el primer día, que no es un error que le harás pagar el resto de su vida. Tú no eres como tu madre».

Miró la información que Flynn había extendido sobre la mesa y luego lo miró a él.

—No es que no confíe en la búsqueda que has hecho, pero si algo he aprendido, es a hacer las cosas por mí misma. Echaré un vistazo por ahí y te daré una respuesta.

Capítulo Tres

Flynn no le había mentido.

El domingo por la mañana, con una taza de café en la mano y el peso de un funesto presagio en los hombros, Renee observaba el sótano vacío e inacabado. En la mesa de trabajo estaban los planos de Flynn.

Renee se había pasado todo el día anterior visitando casas con un agente inmobiliario, y sólo le había servido para corroborar las conclusiones de Flynn. Los precios estaban muy por encima de sus posibilidades, a no ser que se endeudara hasta las cejas o alquilara un local en algún barrio sórdido y apartado donde sería una locura internarse ella sola por la noche.

Su carácter austero se lo debía a su abuela, quien después de haber ganado una fortuna con la venta de su receta secreta de galletas de avena a una multinacional, había seguido trabajando en su restaurante. El único exceso que se permitió fue la casa, guardando el resto del dinero para que Renee pudiera montar su negocio.

Los escalones crujieron detrás de ella. Se giró y vio las largas y desnudas piernas de Flynn descendiendo por la escalera. Los pantalones cortos mostraban unas pantorrillas musculosas y unos muslos perfectamente contorneados, y la camiseta sin mangas revelaba unos brazos y hombros igualmente poderosos. El deseo brotó en su interior como una chispa que amenazaba con propagarse imparablemente.

Él la recorrió con la mirada, y ella se sintió repentinamente cohibida por sus vaqueros viejos, la camiseta de punto de manga larga y los pies descalzos.

–Buenos días, Renee.

–Buenos días. ¿Sigues corriendo por las mañanas?

–Llueva o nieve –respondió él–. ¿Quieres acompañarme?

–Ya sabes la respuesta –replicó ella con una sonrisa.

Él siempre se lo preguntaba, y ella siempre se negaba. A Renee le gustaba tanto correr como cortarse con un cuchillo de carne, pero la invitación era una broma recurrente entre ellos, y resultaba inquietante con qué facilidad recuperaban las familiaridades.

Flynn se dio un golpecito en la cadera.

–Me llevo el móvil, por si me necesitas para algo. Te he dejado el número en la mesa del despacho –señaló los planos con la cabeza–. ¿Has tomado una decisión?

Ella respiró hondo y bebió un sorbo de café, intentando retrasar lo inevitable hasta que le viniera alguna inspiración divina.

–Tienes razón… El sótano es la mejor opción.

Flynn asintió con un brillo de satisfacción en los ojos.

–Hoy mismo llamaré a un contratista de confianza, y mañana por la tarde iremos a ver muebles y azulejos.

–¿No trabajas los lunes?

–Me tomaré la tarde libre. Ven a la oficina después de comer y saldremos de allí directamente.

Renee se sorprendió. Flynn nunca se había tomado una tarde libre en su trabajo, ni le había gustado que ella lo interrumpiera en la oficina o se presentara sin avisar. La madre de Flynn se valía de aquella circunstancia para lanzar sus mordaces comentarios sobre la posibilidad de que su hijo tuviera otras compañías «más apropiadas».

–Mira detenidamente los planos mientras estoy fuera, por si quieres introducir algunos cambios.

–Tus bocetos son tan geniales como siempre –le aseguró ella. Flynn tenía tanto talento para el diseño que las grandes empresas habían intentado reclutarlo incluso antes de que acabara los estudios.

Él frunció el ceño.

–Tendré que pedirle a un arquitecto de mi antigua empresa que refrende los planos.

–Hazlo –lo animó ella. Tal vez si hablaba con sus viejos colegas se replanteara lo mucho que le gustaba la arquitectura.

Flynn cruzó el sótano y abrió la puerta de la calle, dejando entrar un soplo de brisa.

–Enseguida vuelvo.

La puerta se cerró tras él y Renee quedó envuelta en el silencio… un recuerdo de los días y noches solitarios que había pasado en aquella casa mientras Flynn estaba trabajando. Estaba convencida de que su matrimonio se habría salvado si Flynn hubiera seguido dedicándose a la arquitectura, en vez de convertirse en el vicepresidente de la empresa familiar. Pero su título en Empresariales y la educación recibida lo convertían en el mejor candidato para ocupar el puesto tras la muerte de su padre.

Sacudió la cabeza enérgicamente. No volvería a sufrir la misma frustración en soledad. No lo permitiría. Tenía su propio negocio, sus propios intereses y objetivos, y su felicidad jamás volvería a depender de Flynn.

Apuró la taza de café y se llevó los planos al piso de arriba. En otro tiempo habría preparado el desayuno para que Flynn se lo encontrara en la mesa cuando volviera de correr. Cocinar para él la había llenado de una satisfacción incomparable, y por un instante pensó en saquear la nevera a ver qué encontraba. Pero resistió el impulso y se recordó que nada era igual que antes.

Lo que hizo fue llenar de nuevo la taza de café y sentarse con un cuaderno y un bolígrafo. Montar una sucursal le llevaría mucho trabajo, pero al menos ya tenía experiencia. Lo primero era hacer una lista de la compra, otra lista de cosas por hacer y una lista general. Cuando las hubiera cotejado y el contratista le hubiera dado una cifra aproximada, sería el momento de configurar su presupuesto.

El timbre de la puerta la sacó de sus cálculos. Miró el reloj y vio que sólo habían pasado cuarenta minutos desde que Flynn se marchara. Normalmente se pasaba una hora corriendo, aunque de eso hacía varios años. ¿Se habría olvidado la llave? ¿No seguía guardando una llave tras los números de hierro forjado de la casa?

Se levantó y caminó descalza hacia la puerta de la calle. El cristal ovalado no permitía reconocer a la persona que había al otro lado, pero sí se podía apreciar que no era tan alta como Flynn. ¿Quién podía hacer una visita tan temprano?

Abrió la puerta y se encontró con su suegra. Un profundo disgusto se apoderó de ella nada más verla, pues no había una manera cortés de describir a Carol Maddox.

–Hola, Carol.

La madre de Flynn, rubia y espantosamente delgada, esbozó una mueca de desdén a pesar del botox que le inmovilizaba el rostro.

–Así que es cierto… Has vuelto.

–Sí –una sola palabra no debería provocarle tanta satisfacción, pero la madre de Flynn la había hecho sentirse mal tantas veces que se regodeó con la certeza de haberle estropeado el día… e incluso toda la semana.

Carol la miró de arriba abajo con desprecio, desde el pelo enmarañado y el rostro sin maquillar hasta los vaqueros viejos y los pies descalzos con las uñas sin pintar. Por último, miró la taza que Renee aún llevaba en la mano.

–Me gustaría tomar una taza de café… Si es que has aprendido a hacer un café decente, claro está.

Renee estuvo a punto de soltarle una grosería, pero se mordió la lengua para no ponerse al mismo nivel que Carol.

–Pasa, pero si esperas algo como Kopi Luwak te vas a llevar una decepción –le advirtió, refiriéndose al café más caro del mundo.

La condujo a la cocina en vez de al salón, donde siempre la recibía en el pasado. Sin la menor ceremonia, llenó una taza normal y corriente en vez de usar la porcelana china y la llevó a la mesa con el azúcar y el cartón de leche.

En los negocios era fundamental la presentación, pero no tenía sentido intentar impresionar a Carol. Hiciera lo que hiciera, nunca era suficiente. Renee había aprendido la lección hacía mucho.

Carol se preparó el café con exagerada teatralidad, tomó un sorbo y dejó la taza con una mueca de asco.

—¿Qué pretendes volviendo a la vida de Flynn, ahora que finalmente ha encontrado a una mujer apropiada para él?

Renee se quedó tan horrorizada que durante unos segundos no supo cómo reaccionar. Intentó convencerse a sí misma de que no eran celos lo que le abrasaba el estómago. No tenía ningún derecho a estar celosa de la nueva novia de Flynn. Para tener celos tendría que sentir algo por él. Y ella ya no sentía nada...

—¿En serio?

—Sí. Estás perdiendo el tiempo y le estás haciendo perder a él el suyo. Ella pertenece a nuestra misma clase. Tú no.

—¿Te refieres a una clase rica, grosera y que no duda en apuñalar por la espalda?

Las palabras salieron de su boca antes de poder detenerlas. Una parte de ella no podía creer que hubiera sido capaz, pero otra parte se enorgullecía de haber respondido al ataque. Con Carol era imposible mantener la calma. Renee se había esforzado al máximo por intentar agradar a su suegra, y sólo había conseguido un desprecio absoluto.

Carol la miró con ojos muy abiertos, pero enseguida los entornó y adoptó una expresión pensativa.

—Parece que al fin tienes agallas… Admirable, pero llegas tarde. Vas a perder a Flynn igual que lo perdiste antes. Él quiere a Denise y piensa casarse con ella.

El estómago de Renee era un caldero de sentimientos envenenados. Odio, no era más que odio, se dijo a sí misma. Odio hacia aquella mujer cruel y aborrecible.

—Eso puede ser un poco difícil, ya que Flynn sigue casado conmigo… Nunca llegó a firmar los papeles del divorcio.

Carol endureció aún más sus pétreos rasgos.

—Seguro que no fue más que un descuido. Puede que lo estés distrayendo un tiempo, pero tarde o temprano verá la fulana oportunista que eres.

Renee se clavó las uñas en las palmas para intentar refrenarse. Quería gritarle a aquella arpía lo que pensaba de su pretencioso linaje, pero le había prometido a Flynn que la reconciliación parecería real.

Durante su matrimonio, tenía tanto miedo de perder a Flynn o de volverlo contra ella, que nunca le habló de los insultos que recibía de su madre. Pero esa posibilidad ya no le preocupaba. De hecho, si iban a romper definitivamente, sería mejor hacerlo antes de que ella invirtiera su tiempo y dinero en expandir el negocio, y naturalmente, antes de quedarse embarazada.

—Para que lo sepas, Carol, fue Flynn el que vino

a buscarme y el que me propuso volver a esta casa. Ha hecho estos planos para transformar el sótano en mi lugar de trabajo –señaló los bocetos–. Y me ha pedido que tenga un hijo con él. Estamos discutiendo si buscarlo enseguida o esperar un poco, ya que hemos pasado siete años separados.

–Mientes.

–Te estoy diciendo la verdad. Vamos a hacerte abuela… La abuelita Carol. ¿Qué te parece?

El espanto que reflejaron sus ojos no pudo alterar los músculos químicamente paralizados de su rostro, pero por su expresión, parecía haber inhalado algo pestilente.

–Si Flynn te importa algo, volverás al lugar que te corresponde y dejarás que él sea feliz con Denise. Él la quiere –repitió–, y los planes de boda ya están en marcha.

El dardo se clavó de lleno en su objetivo.

«No dejes que te afecte».

–Y si a ti te importa algo tu hijo, te guardarás tus comentarios para ti. Porque te lo advierto, Carol, si te atreves a emplear tus sucias tretas contra mí, no dudaré en contarle a Flynn lo mal que me has tratado siempre.

–Puedes contármelo ahora –dijo Flynn desde la puerta del sótano. Renee dio un respingo y se giró con una mano en el pecho.

–Flynn… No te había oído entrar.

–He entrado por el sótano. Pensé que seguirías allí, examinando los planos –se acercó a ella, mirándola sin pestañear. Ni siquiera pareció advertir la presencia de Carol–. Explícame a qué te refieres con las sucias tretas de mi madre.

Renee puso una mueca.

–¿Cuánto tiempo llevas escuchando?

–Lo suficiente para saber que me ocultaste algo durante nuestro matrimonio. Algo importante que vas a contarme ahora. Puedes empezar.

Ella no era una chivata. Lo había dicho en un arrebato de bravuconería, y la mirada altiva de Carol le dijo que su suegra no la creía capaz de contar la verdad. Pero si Renee no cumplía con su amenaza, Carol volvería a pisotearla sin piedad.

«Habla ahora o calla para siempre».

Flynn nunca se había llevado bien con su madre, pero aun así… se trataba de su madre.

Finalmente optó por la diplomacia.

–Tu madre nunca aprobó nuestro matrimonio –dijo, lo cual no era ningún secreto–. Recuerda que celebramos nuestra boda en Las Vegas porque ella intentó convencerte de que no te casaras conmigo.

–¿Fue grosera contigo?

Renee volvió a dudar. No podía echarse atrás sin dejarse avasallar por su suegra.

–Sí, lo fue. Y en más de una ocasión insinuó que si te quedabas en la oficina hasta tarde era porque estabas con otra mujer. Hace un momento me ha dicho que estabas enamorado de una tal Denise y que yo debía dejarte en paz para que pudieras casarte con ella.

–¿Qué? –la expresión de Flynn no dejó lugar a dudas. Su madre mentía.

–¿No es cierto? –se atrevió a preguntarle Renee, sólo para estar segura.

–Pues claro que no. ¿Cómo podría hacer eso si

aún estoy casado contigo? –cubrió la distancia que los separaba y, rodeándole la cintura con un brazo, la apretó contra él y la besó con una ternura tan exquisita que a Renee le flaquearon las rodillas.

Flynn apoyó la frente en la suya y ella aspiró la embriagadora mezcla del sudor con su incomparable olor masculino. El corazón le latía desbocado.

¿Qué mosca le había picado?

–Tú eres el amor de mi vida, Renee. No quiero a ninguna otra mujer –su voz y su tacto amenazaban con derretirla, pero entonces agachó la cabeza y le mordisqueó el lóbulo de la oreja–. Sígueme la corriente –le susurró.

Ella se estremeció de excitación involuntaria, a pesar de que Flynn actuaba. Y cuando él volvió a besarla, ella le devolvió el beso. No porque él se lo hubiera ordenado, sino porque era imposible resistir la tentación.

La situación era cada vez más delicada.

Él se apartó lentamente y se giró amenazadoramente hacia su madre.

–Sal de esta casa y no vuelvas nunca más. Aquí ya no eres bienvenida, madre. Y si me entero de que vuelves a acercarte a Renee, te aseguro que lo lamentarás.

–¿Cómo puedes creer lo que dice?

–No tengo ninguna razón para no creerla. Renee nunca me ha mentido. Tú, en cambio, tienes la costumbre de decir y hacer lo que sea para salirte con la tuya.

–Yo no miento, Flynn –protestó Carol.

Él la agarró del brazo y la sacó de la cocina.

–Lo hiciste al decir que iba a casarme con Denise. Sabes muy bien que sólo salí un par de veces con ella, nada más. No voy a casarme con ella, entre otras cosas porque ya estoy casado.

Renee oyó como abría la puerta de la calle y la cerraba con un portazo. Un momento después Flynn volvió a la cocina.

–Gracias, Flynn.

–¿Por qué no me lo dijiste?

–No quería que tuvieras que elegir entre tu madre o yo.

Él la miró fijamente.

–Porque pensabas que tomaría partido por mi madre.

«Sí».

–Es tu madre.

Ella tuvo que proteger a la suya demasiadas veces…

–Precisamente porque es mi madre sé cómo actúa. Es una mujer amargada que intenta contagiar a todos los que la rodean. Lamento que lo hiciera contigo, pero si me lo hubieras dicho lo habría impedido sin dudarlo.

Conmovida por su muestra de apoyo, Renee se apretó una mano contra el pecho.

–Ya tenías bastantes preocupaciones intentando adaptarte a tu nuevo trabajo y lamentando la muerte de tu padre.

–Esta vez tendrás que ser completamente sincera conmigo, Renee. No me conformaré con menos.

–En ese caso, y sea para bien o para mal, tendrás la verdad –le prometió ella.

***

55

Flynn miró fijamente los suplicantes ojos azules de Celia Taylor.

–Por favor, Flynn, deja que lo intente con Reese Enterprises. Ya sé que otros ejecutivos de Maddox han fallado, pero yo sé cómo llegar hasta Evan Reese.

–¿Qué te hace estar tan segura? –los hombres de Maddox Communications creían que aquella atractiva pelirroja se valía de su aspecto para conseguir nuevos clientes, pero Flynn no estaba tan seguro. Celia era muy hermosa, pero parecía demasiado inteligente como para confiar en algo tan superficial. Y aunque la belleza podía ser una gran ventaja, no bastaba para conseguir los logros profesionales de Celia.

–He visto a Evan varias veces en los últimos meses. Tenemos una buena… relación.

Flynn frunció el ceño. No le gustaba cómo sonaba aquello.

–¿Va a suponer esto un conflicto de intereses?

Celia negó con la cabeza.

–No estamos saliendo ni acostándonos, si eso es lo que insinúas.

–No insinúo nada, pero gracias por la aclaración. No podemos arriesgarnos a perder un cliente potencial por culpa de una aventura indiscreta.

–No temas. Le haré una oferta irresistible… si tú me das la oportunidad.

Flynn se quedó tan maravillado por su entusiasmo y seguridad que no tuvo más remedio que creerla.

–¿Por qué has acudido a mí en vez de a Brock?

–Porque Brock está tan obsesionado en firmar

un contrato con Reese Enterprises que sólo quiere enviar a alguien como Jason, el Chico Maravillas del momento. No quiere confiarle la tarea a un caballo perdedor como yo.

Celia tenía razón en una cosa. Brock estaba ciertamente obsesionado, y por su creciente irritabilidad y sus ojeras no parecía estar durmiendo mucho últimamente. Flynn tenía intención de hablar con él y recordarle lo destructivo que podía ser el trabajo. El matrimonio fallido de Flynn y el compromiso frustrado de Brock eran dos ejemplos perfectos.

Hablando de su matrimonio… su mujer llegaría de un momento a otro. Miró la hora y se levantó.

—Muy bien, Celia. Hablaré con Brock y le haré saber que cuentas con todo mi apoyo.

Celia se levantó de un salto, rodeó la mesa y le echó los brazos al cuello.

—Gracias, Flynn. No te arrepentirás.

—Espero que no, porque si sale mal Brock pedirá tu cabeza y la mía.

El edificio de siete plantas de Powell Street, sede de Maddox Communications, no había cambiado nada por fuera. Pero sí las sensaciones de Renee ante la idea de entrar en él. El entusiasmo y nerviosismo de antaño se habían transformado en inquietud. Cruzar aquellas puertas significaba entrar en una red de mentiras.

Flynn aún no había nacido cuando su padre adquirió el edificio de estilo Beaux Arts, allá por los años setenta, que estaba a punto de ser demolido. Pero las fotos y las reformas lo habían fascinado desde que era un niño y le habían inculcado la pasión por la arquitectura. Nunca quiso unirse a la agencia de publicidad de su familia. Su único sueño era diseñar edificios. Y así fue hasta que la muerte de su padre hizo que cambiaran sus prioridades.

Se acercó a las puertas con todo el cuerpo en tensión. Los restaurantes de lujo y las tiendas de ropa seguían ocupando la planta baja, y las oficinas de Maddox Communications llegaban hasta la sexta planta. Renee recordaba que en la última planta había un ático con un inmenso jardín, y se preguntó quién viviría allí ahora.

Entró en el edificio y se dirigió directamente a los ascensores. Un hombre moreno y musculoso, que debía de tener su misma edad, impidió que se cerraran las puertas del ascensor hasta que ella hubo entrado.

—Al sexto piso, por favor.

Él asintió y pulsó el botón.

—¿Es usted cliente de Maddox Communications?

—No —respondió ella. No sabía quién era aquel tipo ni lo que Flynn les había contado a sus colegas, pero el trato era hacer que su matrimonio pareciera real. Así pues… que diera comienzo el juego—. Soy Renee Maddox, la mujer de Flynn.

Los ojos grises del hombre no mostraron la menor sorpresa.

—Gavin Spencer. Ejecutivo publicitario. Flynn es un buen tipo.

–Sí que lo es –estrechó la mano que él le ofrecía–. Encantada de conocerte, Gavin.

Las puertas se abrieron en la sexta planta y Gavin la invitó a salir primero.

–Lo mismo digo, Renee.

Una mujer delgada con el pelo castaño y corto estaba sentada tras un mostrador de recepción, justo enfrente del ascensor. Renee tragó saliva y recorrió la oficina con la mirada mientras esperaba a que la recepcionista terminase de hablar por teléfono.

En la sala de espera había unos sofás blancos frente a dos gigantescos televisores de plasma. Los anuncios que emitían debían de ser obra de Maddox Communications, sin duda. Las paredes blancas y desnudas y las mesas de acrílico se combinaban con los suelos negros de roble, confiriéndole un aire moderno y elegante al lugar. Otras paredes lucían cuadros coloridos y abstractos. Algunos de los detalles eran nuevos para Renee, como los televisores, pero otros no.

–¿Puedo ayudarla? –le preguntó la recepcionista.

–Soy Renee Maddox. He venido a ver a Flynn.

Los ojos de la chica se abrieron como platos.

–Yo soy Shelby, señora Maddox. Flynn me dijo que vendría. Es un placer conocerla por fin.

–Gracias. Lo mismo digo, Shelby. ¿Puedo ver a Flynn o está ocupado?

–No tiene ninguna reunión en estos momentos, pero lo llamaré enseguida para informarlo de su llegada.

Antes de que pudiera marcar el número, una

bonita mujer pelirroja y embarazada salió de las oficinas.

–Lauren, ésta es Renee, la mujer de Flynn –le explicó Shelby, como si no pudiera contenerse.

La recién llegada se detuvo y sonrió.

–Hola, Renee. Soy Lauren, la mujer de Jason.

Renee se estrujó los sesos, pero no recordaba tal nombre.

–¿Jason? Tendrás que perdonarme, pero hace… mucho que no vengo por aquí. He estado viviendo en Los Ángeles.

–Yo también soy nueva aquí. El mes pasado vine de Nueva York. Jason es uno de los publicistas de la empresa. Tendremos que quedar alguna vez para comer juntas.

Lauren parecía sincera y amistosa, y Renee pensó que le vendría bien hacer amigos en Los Ángeles. No quería repetir el error de aislarse en casa de Flynn. Además, una persona como Lauren, con contactos dentro de la empresa, podría darle una idea de cómo era la vida de Flynn.

–Me encantaría.

–Estupendo. ¿Puedo llamarte a casa de Flynn?

–Claro. Y también al móvil, por si estoy fuera –sacó una tarjeta de visita del bolso y se la tendió a Lauren–. Quiero abrir una sucursal de mi negocio de catering, por lo que en los próximos días supongo que estaré de un lado para otro.

–Vaya, otra cosa que tenemos en común… Yo también voy a abrir una sucursal de mi negocio de diseño gráfico. Tenemos mucho de qué hablar, pero ahora tengo que irme o llegaré tarde a una cita. Te llamaré, ¿de acuerdo?

–Lo estoy deseando.

Lauren se metió en el ascensor y las puertas se cerraron tras ella. La recepcionista parecía haberse quedado absorta con la conversación, y dio un respingo al recordar que tenía que llamar a Flynn.

–Enseguida lo aviso.

–No te molestes. Iré a verlo a su despacho.

Se dirigió hacia el rincón que tantas veces había visitado, salvo que en aquella ocasión el corazón le latía de miedo en vez de excitación. Si Flynn había cambiado de despacho, se encontraría en una situación muy embarazosa.

La silla de la secretaria estaba vacía, pero en la placa de la mesa seguía figurando el nombre de Cammie, así que al menos no había cambiado de ayudante. Cammie trabajaba para él desde el día que Flynn entró en la empresa, y a Renee siempre le había gustado.

Abrió la puerta del despacho y lo que vio la hizo detenerse en seco. Intentó tomar aire, pero un nudo en el pecho se lo impedía.

Flynn no estaba solo. Una mujer pelirroja estaba con él, abrazada a su cuello.

«No estás celosa».

Sí, claro que lo estaba.

Y aquello no presagiaba nada bueno para su salud mental ni para el carácter temporal del compromiso.

61

Capítulo Cuatro

¿Tenía Flynn una relación con otra mujer?

El veneno de la madre de Flynn volvió a llenarla de dudas. Sobre él, sobre ella misma y sobre la intención de tener un hijo juntos.

Se le puso un doloroso nudo en la garganta. ¿Podría soportar que él la abrazara, le hiciera el amor y le plantara su semilla mientras pensaba en otra mujer?

La mujer se apartó de Flynn y se inclinó para recoger una carpeta de la silla.

–Gracias otra vez, Flynn. Te mantendré al corriente.

–Hazlo, pero tendrás que consultarlo con Brock antes de ponerte con ello –dijo él. Entonces levantó la mirada y vio a Renee.

El rostro de Renee debió de delatar sus pensamientos, porque Flynn rodeó rápidamente la mesa, la estrechó entre sus brazos y la besó sin decir palabra. Ella se puso rígida en cuanto el cuerpo de Flynn se apretó contra el suyo y sus cálidos labios tomaron posesión de su boca. Pero la presencia de otra persona en el despacho obligaba a relajarse y a aparentar que aquello era algo que hacía todos los días con su marido.

Aun así, iba a costarle mucho trabajo volver a acostumbrarse al tacto de Flynn. No era que no le gustasen sus besos y caricias, todo lo contrario. Incluso en aquel momento, frente a aquella otra mujer, el corazón se le desbocaba del deseo que prendía en su interior. Pero tenía que contrólarse y mantener la cabeza fría. No podía permitirse que aquel deseo se apoderase de ella y la hiciera caer a los pies de Flynn, como ya le había pasado una vez.

Flynn se retiró y se giró hacia la mujer.

—Celia, quiero presentarte a mi mujer, Renee. Renee, ésta es Celia Taylor, una de nuestras mejores publicistas.

La bonita pelirroja puso una mueca de incomodidad.

—Siento lo del abrazo, pero Flynn acaba de darme una magnífica oportunidad y me dejé llevar por el entusiasmo.

Las palabras y la expresión arrepentida de Celia parecían sinceras, y lo que Renee había visto después del abrazo tampoco hacía sospechar nada. No había habido complicidad ni miradas prolongadas.

—Encantada de conocerte, Celia —dijo, sintiendo como la tensión abandonaba sus agarrotados músculos.

—Lo mismo digo, Renee. Gracias a tu marido voy a estar de trabajo hasta las cejas, pero no creas que me estoy quejando… Si me disculpas —salió del despacho y se alejó rápidamente por el pasillo.

Renee miró a su alrededor mientras intentaba recuperarse del susto. Por mucho que quisiera negarlo, había sentido celos al ver a Flynn en los brazos de otra mujer. Y una reacción así no era en absoluto tranquilizadora.

El despacho presentaba el mismo aspecto que siete años antes. La fotografía de los dos seguía en la estantería y en la mesa se veían los restos de un almuerzo. Renee le había llevado la comida al despacho en muchas ocasiones, porque Flynn solía olvidarse de comer cuando trabajaba. Pero a pesar de sus atenciones, no pudo impedir que Flynn perdiera bastante peso en unos pocos meses.

Flynn la miró de arriba abajo, alterándola de nuevo.

–Llegas justo a tiempo... y estás muy guapa.

–Gracias –se pasó la mano por el jersey granate de cuello vuelto y los pantalones negros de sarga–. Veo que tienes nuevos empleados. He conocido a Gavin en el ascensor, a Shelby en recepción y también a Lauren. Me ha dicho que estaba casada, pero no recuerdo el nombre del marido. También me ha sugerido que comamos juntas alguna vez.

–Está casada con Jason Reagert, otro publicista de la empresa. Lo conocerás más tarde. Pero Lauren es un buen contacto. Puede recomendarte un buen ginecólogo, ya que está embarazada.

Un escalofrío recorrió la espalda de Renee. Lo que más deseaba en el mundo era tener un bebé, y que fuera de Flynn. Pero atarse a un hombre que le provocaba unas reacciones tan desproporcionadas le seguía dando un miedo atroz. ¿Sería lo bastante fuerte para sobrevivir a un matrimonio temporal y un lazo permanente mediante un hijo sin volver a derrumbarse y recurrir al alcohol?

–Lo tendré en cuenta.

–Después del trabajo los de la oficina solemos ir

a tomar algo. La próxima vez nos acompañarás y así podrás conocerlos a todos.

–¿Qué les has contado de mí… o de nosotros?

–Que hemos solucionado nuestras diferencias y que volvemos a estar juntos.

Renee miró la foto del estante.

–¿Has tenido la foto ahí todo este tiempo?

Él frunció el ceño.

–No. La saqué de la caja cuando decidiste volver.

Por alguna razón, aquella respuesta consiguió tranquilizarla un poco. Tal vez Flynn no hubiera estado pensando en ella a diario, pero tampoco se había desecho de la foto. Por su parte, ella también conservaba una caja con los recuerdos de su matrimonio. Por mucho que había querido sacarse a Flynn de la cabeza, le había resultado imposible.

Y si no había conseguido olvidarlo en siete años, ¿cómo iba a olvidarlo ahora?

El lunes por la noche, al introducir la llave en la cerradura, la cabeza de Renee seguía dándole vueltas a las muestras de pintura y de tela, los modelos de armarios y las encimeras de mármol y granito. Igual que en los viejos tiempos. Igual de maravilloso.

Había olvidado el buen equipo que formaban ella y Flynn, pero aquel día, viendo el brillo de inteligencia y entusiasmo en los ojos de Flynn mientras discutían los planes para el sótano, la habían invadido todos aquellos recuerdos agridulces.

–¿Quieres cenar en la cocina o en el salón mientras vemos una película? –le preguntó él.

Parecía no haber escapatoria al aluvión de recuerdos. Al principio de su matrimonio, solían acabar la jornada laboral cenando en el sofá mientras veían una película antigua. A veces la veían hasta el final, antes de abalanzarse el uno sobre el otro. Pero normalmente se perdían la mitad de la película, pues estaban demasiado ocupados haciendo el amor como para oír los diálogos de fondo.

Renee se puso colorada y metió las llaves en el bolso con manos temblorosas.

–En la cocina.

La intensa mirada de Flynn le dijo que él también recordaba aquellos momentos del pasado. La emoción oprimió el pecho de Renee, hasta el punto de que tuvo que abrir la boca para poder respirar.

–No, Flynn.

Él se acercó y le puso una mano bajo la barbilla.

–¿No qué? ¿No puedo decirte que te deseo? ¿Que no dejo de pensar en ti y en lo mucho que me gustaría perderme en el calor de tu piel y la suavidad de tus cabellos?

Un estremecimiento sacudió a Renee de arriba abajo.

–¿No quieres que te diga que apenas he pegado ojo las tres últimas noches por si te oía moviéndote por nuestra casa?

A ella le había pasado lo mismo.

–Tu casa –corrigió automáticamente.

–Nuestra casa –replicó él–. Cada rincón lleva tu toque personal, Renee.

Ella se obligo a retroceder, pero sus piernas no respondían.

–No estoy preparada, Flynn. Ni siquiera estoy convencida de que sea buena idea.

–Es un buen plan. Un hijo… Nuestro hijo. Tú y yo haciendo lo que mejor sabemos hacer. Un hogar. El amor…

Su voz grave y sensual avivó aún más el deseo de Renee. Pero no podía ceder a la tentación sin erigir sus defensas. Antes de acostarse con él, tenía que encontrar la manera de limitarlo a una cuestión sexual y procreadora. Nada de hacer el amor. De modo que, haciendo acopio de toda su voluntad, consiguió separarse y corrió hacia la cocina. Él la siguió en silencio.

Se habían pasado por su restaurante chino favorito y habían pedido comida para llevar. Renee le quitó la bolsa a Flynn y la puso en la mesa para abrirla. El olor a sopa agridulce, gambas, cerdo Yu–Hsiang y pollo Hunan impregnó el aire. Pero Renee había perdido el apetito.

–Para que esto funcione tendrás que desearlo, Renee.

–Lo sé, pero aún no –tenía que cambiar de tema, porque estaba peligrosamente cerca de sucumbir al deseo, y eso sería nefasto para ella–. Me gustaría respetar tus bocetos, pero creo que la cocina debería ser móvil en vez de fija.

–Querrás decir «desmontable».

Ella se mordió el labio.

–Siempre quisiste tener una sala de juegos o un cine en el sótano. Si instalamos una cocina desmontable te será más fácil volver a cambiarla más adelante.

–Sigues con un pie en la puerta.

–¿Qué quieres decir? –le preguntó ella, aunque ya sabía la respuesta. Flynn había advertido sus temores y ambigüedad.

–Hoy te has negado a firmar el contrato con el contratista. Él puede creerse la excusa que le has dado sobre revisar el presupuesto, pero yo no. O estás en esto o estás fuera. ¿Dónde estás, Renee?

Ella sacó los platos del armario y los colocó en la mesa.

–Dentro, supongo.

–Una vez que hayamos concebido a nuestro hijo, no habrá vuelta atrás. Formaré parte de la vida del bebé… y también de tu vida, al menos durante dieciocho años.

Eso era lo que más la aterraba. Eso, y el hecho de que aquel día hubiera estado a punto de firmar un contrato para invertir una considerable suma de dinero en el sótano de Flynn. La asaltaron las dudas en cuanto agarró el bolígrafo. Afortunadamente, el contratista se mostró muy comprensivo y le concedió unos días para que reflexionara sobre el presupuesto.

–Lo sé, Flynn. Vamos a cenar antes de que se enfríe la comida –propuso ella, avergonzada por su cobardía.

–Olvídate de la comida –dijo él. Se acercó a ella por detrás y la rodeó con los brazos, haciéndole dar un respingo–. No sería la primera vez –extendió las palmas sobre el abdomen y la apretó contra él al tiempo que la besaba en el cuello–. Vamos a hacer un hijo esta noche, Renee…

El deseo hacía estragos en su voluntad. Intentó

respirar con normalidad y buscó desesperadamente alguna razón que le permitiera resistir.

—No sé si es el momento adecuado del mes.

Él subió las manos hacia sus pechos y volvió a bajarlas a las caderas.

—Olvídate de las fechas… Centrémonos en el momento.

Le recorrió el torso con las manos de nuevo. A Renee se le endurecieron los pezones, pero Flynn no llegó a tocarlos. Detuvo las manos en el elástico inferior del sujetador y volvió a bajar.

Arriba y abajo. Arriba y abajo. Cada vez que ascendía, Renee aguantaba la respiración, y cuando descendía soltaba el aire… decepcionada. A pesar de todo lo que había pasado entre ellos, seguía anhelando el tacto de sus manos por todo el cuerpo.

Pero no estaba preparada. Aún no era lo bastante fuerte. ¿Por qué? No lo sabía. Era incapaz de concentrarse en los motivos por los que no deberían hacerlo. Las manos de Flynn le impedían pensar. Siempre había sabido cómo excitarla, y ella tenía que admitir que físicamente se compenetraban a la perfección.

Las manos volvieron a subir y esa vez le cubrieron los pechos. Con los pulgares le acarició los pezones, acercándola irremediablemente a su perdición. ¿Por qué molestarse en resistir? Iba a acabar sucumbiendo y no podía hacer nada por impedirlo.

Las manos iniciaron el descenso, y entonces ella las agarró y volvió a llevarlas donde más las necesitaba. Flynn la recompensó acariciándole de nuevo los pezones y mordisqueándole suavemente la oreja.

Renee se apretó contra él y sintió su erección, rígida y ardiente contra la parte inferior de la espalda. Su resistencia se derrumbó por completo. Se giró hacia él y con la cadera le rozó deliberadamente el sexo, provocándole un jadeo ronco.

Flynn aspiró con fuerza y hundió los dedos en sus cabellos para sujetarle la cabeza y besarla. Sus lenguas se encontraron en el beso más salvaje y apasionado que hubieran compartido jamás, y los que siguieron fueron todavía más apremiantes y desesperados. Flynn bajó las manos hasta su trasero y la apretó aún más contra él.

Ella le clavó los dedos en la cintura y echó la cabeza hacia atrás en busca de aire. El pasado y el presente se confundían en un arrebato de pasión y locura. Pero entonces... ¿cómo sobreviviría a aquella relación si no podía distinguir entre la realidad y las fantasías? Flynn había sido su mayor placer, pero también su mayor debilidad.

Interrumpió bruscamente el beso y se tocó los labios con los dedos.

Los ojos y las mejillas de Flynn ardían de deseo.

–Haz el amor conmigo, Renee –le susurró–. Ahora... Esta noche.

El corazón le latía con fuerza. La garganta se le secó por completo. Si se acostaba con él ahora, estaría perdida para siempre.

–No puedo... Lo siento.

Y entonces, hizo lo mismo que había hecho siete años antes, cuando se despertó en el sofá con dos botellas de vino vacías en el suelo y sin recordar haber abierto la segunda.

Echó a correr.

***

Flynn no podía dejar de sonreír. Se había despertado con una dolorosa erección y ardiendo de deseo insatisfecho por los besos de la noche anterior, pero no se quejaba. Todo marchaba a buen ritmo. Renee casi era suya. Sólo era cuestión de tiempo hasta que la química entre ellos acabara explotando.

Sosteniendo una bandeja en la mano, llamó con la otra a la puerta de Renee. Ella no respondió, lo cual no era raro. Renee siempre había tenido el sueño muy profundo. Giró el pomo y abrió la puerta.

La encontró tendida en la cama, de costado y con las mantas amontonadas a sus pies. Siempre le había gustado dormir destapada. Estaba abrazada a una almohada, rodeándola con su pierna, larga y desnuda, y el camisón se estiraba tanto en su trasero que podía verse claramente que no llevaba ropa interior.

En los primeros días de su matrimonio, él había sido su almohada, y la pierna de Renee reposaba en su muslo y cadera sin ningún camisón por medio. El recuerdo volvió a excitarlo, y la tentación de despertarla igual que hacía entonces, acariciándole la pierna y las nalgas, fue casi irresistible.

–Renee. Despierta.

Ella se despertó con un sobresalto y se dio la vuelta.

–¿Qué? –preguntó, apartándose los pelos de la cara–. ¿Qué pasa?

–No pasa nada. Te he traído el desayuno.

Ella se frotó los ojos medio dormida. Conocerla tan bien tenía sus ventajas, pensó Flynn. Se aprovechó de su modorra matutina para sentarse en la cama, antes de que ella se despejara lo suficiente como para darse cuenta de que le estaba ofreciendo una vista muy excitante. Si conseguía sujetar las mantas, ella no podría cubrirse y tendría que resignarse a estar medio desnuda en su presencia.

–Incorpórate.

Ella obedeció y miró la bandeja.

–Nunca me habías traído el desayuno a la cama –murmuró con recelo.

–La relación que teníamos antes no era muy equilibrada –admitió él–. Eras tú la que siempre cocinaba para mí. Pero las cosas han cambiado. Si los dos vamos a trabajar, tenemos que compartir las tareas de la casa. Sobre todo cuando nazca el bebé.

Ella se mordió el labio, rosado, carnoso y tentador. Flynn se moría por volver a besarla, pero sabía que si actuaba demasiado rápido perdería toda posibilidad de éxito, de modo que se limitó a dejarle la bandeja en el regazo y disfrutar de la imagen de sus pezones a través del camisón.

–He hecho algunos cambios en los planos, basándome en lo que dijiste ayer.

–¿A qué te refieres? –preguntó ella mientras pellizcaba un trozo de tostada con mermelada de frambuesa.

–Querías algo temporal. Y he encontrado la solución perfecta.

Ella mordisqueó la tostada y tomó un sorbo de café.

–Explícate.

Flynn sacó la hoja de debajo del plato de huevos revueltos, beicon y fruta.

–En vez de hacer una instalación fija, la cocina tendrá patas. Así podrá pegarse a la pared como un aparador o sacarse al patio cuando sea necesario. Pero eso implica que no puedes tener el fregadero en ella, de modo que lo he colocado en el rincón.

Renee agarró la hoja y agachó la cabeza para examinar el boceto. El pelo le cayó sobre el rostro y Flynn se enrolló un mechón en el dedo. Ella levantó bruscamente la cabeza, pero él se tomó su tiempo en colocarle el mechón detrás de la oreja y acariciarle con en dedo la mandíbula y el cuello. El pulso de Renee se aceleró.

–Siempre has estado muy guapa por la mañana…

Ella se apartó y se llevó una mano a la cabeza.

–Tengo el pelo hecho un desastre.

–Un poco alborotado, quizá, pero así está mucho más sensual que con un peinado impecable.

Ella se ruborizó y entornó la mirada.

–¿Has dormido toda la noche, Flynn?

Lo había pillado.

–Ya sabes que no puedo dormir cuando tengo ideas que plasmar en un papel.

Renee puso una mueca compasiva y examinó los bocetos de la cocina.

–Está muy bien, Flynn, pero el contratista ya nos ha dado un presupuesto.

–Aún se puede modificar.

–Me parece una buena idea. Gracias por hacer los cambios. Pensaré en ellos.

Él asintió.

–Acaba de desayunar. Tengo una reunión con Brock y debo marcharme enseguida.

–¿Va todo bien? –la intuición de Renee lo sorprendió, aunque no debería ser así. Ella siempre había percibido su tensión, y él había sido un imbécil por descuidarla.

–Está obsesionado con un cliente. Tengo que convencerlo para que se tome un descanso.

–Se te da bien hacer eso.

Si se le diera bien convencer a las personas, habría podido persuadir a Renee para que no se marchara. Pero ella no le había dado la oportunidad. Un día estaba allí y al siguiente había desaparecido.

–Se me dan bien muchas cosas –bajó la mirada a sus pechos y ella ahogó un débil gemido.

–Si me disculpas, me daré una ducha y luego llamaré al contratista. Tú ocúpate de tu hermano.

Él le dio una palmadita en el muslo, que se endureció bajo el tacto de sus dedos. Flynn se deleitó con la suavidad de su piel y se contuvo para no llevar los dedos hacia la fuente de calor que palpitaba entre sus piernas.

Era la primera vez en su vida que no le importaba fracasar en los primeros intentos. Ni siquiera le importaba esperar un año o más. Mientras tuviera a Renee en su cama, estaría encantado.

–Así que Renee ha vuelto –dijo Brock en cuanto Flynn cerró la puerta del despacho–. ¿Por qué?

–¿Cómo que por qué? Ya te lo he dicho.

–Vamos, Flynn. Sé sincero conmigo.

–¿No te crees que me echara de menos y que hayamos decidido volver a intentarlo?

–No. Hace ocho días viniste a preguntarme por los papeles del divorcio, y cuatro días después Renee estaba instalándose en tu casa. ¿Qué ha ocurrido?

Flynn no tenía intención de contarle toda la verdad a Brock ni a nadie, porque eso implicaba admitir su fracaso.

–Nos seguimos queriendo y vamos a intentarlo de nuevo.

La expresión de su hermano pasó de la incredulidad al disgusto.

–El resto del personal tal vez se trague ese cuento, pero yo no –se recostó en su sillón–. No tendrá que ver con tu incapacidad para aceptar el fracaso, ¿verdad?

–No sé a qué te refieres –dijo Flynn, poniéndose tenso.

–No soportas la debilidad ni la derrota, y mucho menos cuando se trata de ti. Papá se encargó de que así fuera…

Flynn había sido un fracaso a ojos de su padre. Lo sabía y lo aceptaba. Brock, en cambio, no podía permitirse la menor equivocación. Los viejos resentimientos volvieron a hervirle la sangre, pero los ignoró y se concentró en el asunto que lo había llevado al despacho de su hermano.

–Teníamos que hablar de ti, no de mí. Estás tan obsesionado con Reese Enterprises que no puedes evitarlo.

–Te equivocas. Siempre te has culpado a ti mismo por el fracaso de tu matrimonio –replicó Brock–.

No podías aceptar que Renee se hubiera cansado de jugar a las casitas.

Flynn se sorprendió por la sagacidad de su hermano, pero no iba a dejarse distraer tan fácilmente.

–Si vamos a hablar del pasado, deberías recordar que ya perdiste a una novia por culpa de tu adicción al trabajo.

Brock se cruzó de brazos.

–Buen intento, pero estábamos hablando de ti.

–Lo estabas haciendo tú, no yo. Quería hablar contigo porque estoy preocupado por ti. Por tu aspecto es evidente que apenas duermes.

–¿Ahora eres psiquiatra?

–Tienes que desconectar y distraerte un poco. ¿No tienes a ninguna mujer en tu agenda con la que puedas tener una aventura sin compromiso?

Pensó que él también podría probar un poco de su propia medicina. El problema era que, con Renee de nuevo en su vida, no le apetecía estar con nadie más. Y aunque quisiera, no podría arriesgarse a un escándalo que perjudicara a la empresa.

Vivir con Renee era como caminar por la cuerda floja. Un paso en falso y caería al vacío. Ella se empeñaba en avanzar poco a poco, y a Flynn le resultaba tan frustrante que apenas podía concentrarse en el trabajo.

La única ventaja era que, al no poder satisfacer su apetito sexual con ella, se veía obligado a fijarse en los aspectos menos carnales de su hermosa mujer. Por ejemplo, la fuerza y seguridad que había adquirido en sí misma. Por no mencionar las voluptuosas curvas de su cuerpo… La combinación era irresistiblemente sexy.

Brock dejó el bolígrafo en la mesa.

—El sexo no es la solución.

—Puede que no, pero ayuda a relajarse lo suficiente como para que la sangre vuelva a fluir en tu cabeza.

Llamaron a la puerta y un segundo después Elle Linton, la secretaria de Brock, asomó la cabeza por la rendija.

—Ha llegado su próxima cita.

Flynn miró a su hermano y por un instante fugaz vio un atisbo de emoción y deseo en su rostro. Pero Brock volvió a adoptar una expresión severa antes de que Flynn pudiera descifrar nada.

—Gracias, Elle. Dame cinco minutos.

—Sí, señor —respondió ella, y volvió a cerrar la puerta.

Flynn tampoco dormía mucho últimamente, y la falta de sueño le hacía imaginar cosas. ¿Habría algo entre su hermano y Elle? No, no podía ser. Brock jamás tendría una aventura con alguien de la oficina. Tal vez estuviera pensando en otra mujer justo antes de que su secretaria llamara a la puerta.

Flynn se levantó.

—Piensa en lo que te he dicho. Sal y diviértete un poco antes de que te dé un patatús o algo parecido. No me gustaría tener que ocupar tu puesto…

—Estoy bien. Y tú ten cuidado con lo que haces. No me gustaría tener que recoger los restos que vuelva a dejar el huracán Renee.

—Eso no va a pasar —le aseguró Flynn. Tal vez cometiera errores, como todo el mundo.

Pero jamás cometía el mismo error dos veces.

Capítulo Cinco

El móvil de Renee empezó a vibrar en el bolsillo. Dio un respingo y miró a Lauren con una mueca.

–Lo siento. Me están llamando.

–Tranquila –respondió Lauren, haciendo un gesto con la mano–. Mira a ver quién es. Supongo que, al igual que yo, tú también estás esperando noticias del contratista y no puedes ignorar una llamada que puede ser importante.

Renee miró la pantalla y el corazón le dio vuelco al ver que se trataba de Flynn.

–Es mi marido –tuvo que hacer un gran esfuerzo para pronunciar la palabra «marido». Llevaba tanto tiempo considerando a Flynn su ex que tardaría bastante en acostumbrarse a su nuevo estatus.

–Responde. Yo lo haría si fuera Jason.

–Gracias –murmuro ella, y apretó rápidamente el botón–. ¿Sí?

–¿Quieres que comamos juntos?

–Demasiado tarde, lo siento. Estoy acabando de almorzar con Lauren. Y luego vamos a ir de compras.

–Lo dejaremos para otra ocasión –dijo él, y a Renee le pareció que estaba decepcionado–. No olvides pedirle que te recomiende un médico... Te veré esta noche, nena.

El apelativo de «nena» le recorrió la espalda

como una ligera caricia. Renee colgó y volvió a guardar el móvil. Por mucha confianza que le inspirara Lauren, no tenía intención de preguntarle por un ginecólogo, ya que una parte de ella seguía acuciándola a salir huyendo antes de que fuera demasiado tarde.

–¿Cuánto tiempo lleváis casados Jason y tú?

–Tres semanas –respondió Lauren con una radiante sonrisa.

–Recién casados… –murmuró Renee, sorprendida.

–Supongo que te estarás preguntando por esto… –se señaló el abultado vientre–. Jason y yo trabajábamos juntos en Nueva York y tuvimos una aventura antes de que él se trasladara a San Francisco. Se suponía que todo acabaría ahí, y cuando descubrí que estaba embarazada decidí no decírselo y tener a mi hijo yo sola. Pero entonces Jason se enteró y quiso formar parte todo. Como resultado, la química volvió a arder entre nosotros y acabamos casándonos.

El amor y el embarazado le conferían un brillo incomparable al rostro de Lauren. Mirándola, Renee no pudo evitar una punzada de celos. Ella jamás luciría aquel brillo con Flynn. Volver a enamorarse de él era algo que no podía permitirse.

–¿Y tú y Flynn? Sabrás que os habéis convertido en el tema de conversación favorito de la oficina, ¿verdad?

Renee puso una mueca.

–Temía que fuera así. Flynn y yo nos conocimos hace ocho años, nos enamoramos y nos casamos en Las Vegas

–Presiento que hay una historia muy interesante detrás de tus palabras.

Renee se encogió de hombros y decidió que podía compartir un poco de su pasado personal.

–Para Carol Maddox siempre seré una enemiga. Declaró que yo no era digna de su hijo y amenazó con boicotear nuestra boda. A Flynn y a mí no nos quedó más remedio que casarnos en Las Vegas, lejos de su familia.

–¿Cómo le sentó a tu familia perderse la boda?

–Me dio mucha lástima que mi abuela no asistiera, pero ella lo entendió. Sólo quería que yo fuera feliz, y apoyó mi decisión al saber que Flynn y yo nos queríamos de verdad.

–¿No tenías más familia aparte de tu abuela?

–A mi madre, pero ella… digamos que vive en su propio mundo –Lauren arqueó las cejas en una pregunta silenciosa–. Es una chef de primera, y como tal reúne todos los tópicos que hayas podido oír sobre la profesión: brillante, creativa, temperamental, egocéntrica… Así que básicamente sólo tenía a mi abuela. Pero mi abuela era maravillosa, por lo que no vayas a pensar que soy un caso digno de lástima.

–Me alegra saberlo. ¿Puedo preguntar qué os pasó a ti y a Flynn?

Renee apartó la mirada. Si realmente había superado lo de Flynn, ¿por qué le seguía doliendo el recuerdo de aquellos desgraciados meses?

–Después de morir su padre, Flynn y yo pasamos por momentos muy difíciles y al final nos separamos. Ahora intentamos solucionar nuestras diferencias –creía que podía confiar en Lauren y estuvo tentada de pedirle consejo, pero se limitó a pagar la cuenta y cambiar de tema–. ¿Lista para echar mano de tu tarjeta de crédito en las tiendas?

–Lista. Agradezco que quieras acompañarme y darme tu opinión. Casi todas las mujeres pierden el interés cuando me pongo a hablar del cuarto de los niños… a menos que también estén embarazadas –se quedó boquiabierta y miró a Renee con un brillo de excitación en sus ojos verdes–. Tú no lo estás, ¿verdad?

–¿Embarazada? No, pero Flynn y yo lo estamos hablando. Hace tiempo pensábamos tener una familia numerosa, así que no me importa ir de tiendas.

Caminaron tranquilamente hacia una tienda que le habían recomendado a Lauren.

–¿Me dijiste que tú también estabas esperando noticias de un contratista? –se aventuró a preguntarle Renee.

Lauren asintió.

–Estamos construyendo una oficina junto a la casa de Jason, en Mission District. Es un edificio histórico y tenemos que respetar el estilo arquitectónico para que nos concedan los permisos de obra. No te imaginas lo complicado que puede ser añadir una simple habitación…

–Te comprendo. Flynn y yo queremos convertir el sótano de su casa victoriana en una cocina para mi negocio de catering, y no quiero hacer nada que pueda infringir las leyes de urbanismo ni devaluar la propiedad.

–Es todo un desafío combinar lo moderno con lo antiguo, pero merecerá la pena si eso me permite trabajar cerca de casa... sobre todo cuando nazca el bebé.

Era exactamente lo mismo que opinaba Flynn.

Llegaron a la exclusiva tienda prenatal donde compraban las futuras madres de la clase alta. En las galerías de muestra se exhibían cuartos para niños perfectamente decorados hasta el último detalle. Antes de abandonar a Flynn, Renee acostumbraba a pasear en solitario por las tiendas para bebés, alimentando su profundo anhelo por tener una familia y alguien a quien amar.

Entonces vio algo que la hizo detenerse ante la cuarta habitación de muestra. Una sensación maternal y hogareña la envolvió. Pasó los dedos por la barandilla de una cuna de roble con ositos pintados en el cabecero, y supo que aquélla era la cuna que quería para su futuro bebé.

—Preciosa, ¿verdad? —le dijo la vendedora.

—Sí —corroboró Renee. Buscó a Lauren con la mirada, pero su amiga se había adentrado en la tienda.

—Los barrotes están moldeados a mano, y naturalmente los ositos están también pintados a mano. Es una pieza única, fabricada por uno de nuestros mejores artesanos. ¿Cuándo sale de cuentas?

—Oh, no estoy embarazada. Aún.

La vendedora le dedicó una sonrisa cortés.

—Entiendo. En ese caso, me permito sugerirle que no se encapriche con esta cuna si no piensa adquirirla hasta que se quede embarazada, porque este tipo de artículos se venden a los pocos días de exponerlos.

Renee no sabía qué hacer. Si se marchaba sin la cuna, tal vez se quedara sin ella para siempre. Pero si la compraba ahora, estaría comprometiéndose con algo que seguía aterrándola.

—Tengo… tengo que ir con mi amiga.

El interés de la vendedora se enfrió de inmediato.

—Por supuesto.

Durante los minutos siguientes, Renee siguió a Lauren en silencio. Las dudas se agolpaban en su cabeza y le impedían pensar en otra cosa, hasta que Lauren advirtió lo distraída que estaba.

—¿Estás bien, Renee?

—¿Puedo preguntarte una cosa? —esperó a que Lauren asintiera—. Mudarte de ciudad, expandir tu negocio y formar una familia son demasiados cambios para hacerlos a la vez y, sin embargo, pareces muy tranquila. ¿De verdad no estás nerviosa?

Lauren se echó a reír.

—Pues claro que sí. Y mi serenidad es sólo aparente. Adoro a mi marido y no puedo imaginarme una vida sin él o sin mi bebé, pero tengo miedo de que Jason pueda anteponer su trabajo a todo lo demás.

La revelación de Lauren impactó profundamente a Renee.

—Te entiendo… Cuando Flynn pasó a formar parte de Maddox Communications se convirtió en un adicto al trabajo. Estaba siempre tan ocupado que yo apenas podía verlo.

—Y aquello hizo que necesitaras tomarte un respiro.

Renee dudó un momento y asintió.

–A Jason lo obligo a que se tome los fines de semanas libres para salir a navegar en su barco –le contó Lauren–. De esa manera puede descargar su estrés laboral y yo aprovecho para… pintar –un brillo de picardía en sus ojos llamó la atención de Renee.

–¿Quieres que entremos en detalles?

–Mejor que no –respondió con una sonrisa, y desvió la mirada hacia un baúl de juguetes tallado a mano–. ¿Qué te parece? No es demasiado femenino, ¿verdad?

–No. Es precioso –Renee se dio cuenta de que ella y Lauren abordaban el embarazo desde dos perspectivas diametralmente opuestas. El embarazo de Lauren había sido fortuito y sin embargo lo aceptaba con la mayor ilusión posible. Renee, en cambio, intentaba planificar y controlar hasta el último detalle y la aterrorizaba volver a enamorarse de Flynn. Ojalá tuviera una mínima parte del valor que demostraba Lauren.

–No quiero que pienses que me tomo tus temores a la ligera –le dijo Lauren mientras pasaba la mano sobre una colcha–. Sé lo difícil que es mudarse de ciudad, casarse y tener un hijo, pero he elegido centrarme en lo bueno y no pensar en lo que podría salir mal. En la vida no hay ninguna garantía de nada. A veces tienes que arriesgarte y confiar en que has hecho lo correcto.

Las palabras le resultaron muy familiares a Renee.

–Mi abuela siempre decía lo mismo.

–Ahí lo tienes… Las grandes mentes piensan de forma parecida –le dijo Lauren con un guiño.

Renee nunca había conocido a una persona más sabia o fuerte que su abuela. Cuando el marido de Emma partió a la guerra, ella se hizo cargo del restaurante y continuó haciéndolo después de que su marido muriera en el frente. No sólo había prosperado, sino que se había superado a sí misma en todos los aspectos.

Emma había criado sola a su hija, y luego hizo lo mismo con su nieta cuando su hija se volvió alcohólica. Renee nunca le oyó una queja a su abuela sobre lo injusta que era la vida o lo difícil que era llevar comida a casa, y siempre quiso ser tan fuerte como ella.

Se puso muy rígida al recordar la conversación con su suegra. Carol Maddox tenía razón. Nunca había tenido agallas. Nunca se había enfrentado a la adversidad ni había luchado por lo que realmente quería. Pero ahora tenía la fuerza para hacerlo. Y podía hacerlo.

Quería tener un hijo, formar una familia y expandir su negocio. Flynn le estaba ofreciendo la oportunidad para hacer realidad sus sueños. Lo único que ella tenía que hacer era proteger su corazón durante el próximo año y medio y luego divorciarse de Flynn.

Al igual que hizo su abuela, podía tener un hijo, prosperar en su trabajo y conservar la cordura. Ni siquiera tendría que seguir trabajando en el sótano de Flynn, en cuanto los ingresos le permitieran alquilar un local en otra parte.

Con tanto que ganar, ¿cómo iba a rechazar la oferta?

***

Una mezcla de inquietud y excitación invadió a Renee cuando llegó a casa de Flynn. Rezó por no estar cometiendo un error y salió con decisión de la furgoneta.

«Fíjate un objetivo y ve a por ello», resonaba la voz de su abuela en su cabeza.

Pero no tenía la menor idea de cómo abordar a su marido para buscar un hijo en común. En el pasado, a ella no le había importado en absoluto llevar la iniciativa cuando se trataba de hacer el amor. Pero en esa ocasión no había amor por medio. Tan sólo era sexo, y con un poco de suerte, procreación. Había comprobado su calendario para constatar que estuviera ovulando.

Al abrir la puerta la recibió un exquisito aroma de ternera a la parrilla. La boca se le hizo agua y el estómago le rugió con avidez. ¿Flynn estaba en casa? ¿Y cocinando?

—¿Flynn?

—En la cocina.

Renee dejó el bolso, respiró hondo y se dirigió hacia la cocina. Las piernas le temblaban como si fuera una virgen en su primera cita.

Flynn estaba dándole la vuelta a los filetes.

—¿Qué haces tan temprano en casa... y cocinando?

Él se giró para mirarla.

—Mi maravillosa esposa me preparaba una comida deliciosa. Cuando se marchó, me resultó imposible resignarme a la típica dieta de soltero, a base de sándwiches y platos precocinados. No se puede vivir a base de comida para llevar, así que tuve que aprender a cocinar.

Abrió una botella de agua con gas y llenó las dos copas que esperaban en la encimera.

–¿Estamos celebrando algo? –le preguntó Renee, aceptando la suya. ¿Cómo podía saber él que había vencido finalmente sus reservas y que estaba dispuesta a buscar un hijo?

–Ha llamado el contratista, y ha dicho que has firmado el contrato.

Se trataba de eso…

–Sí.

Él brindó con su copa.

–Enhorabuena. Dentro de nada tendrás abierta tu nueva sucursal. Y puede que sea tan próspera como la primera.

El corazón le latió con fuerza en el pecho. Tomó un sorbo de agua y tragó con dificultad.

–He comprado algunos muebles para el cuarto del niño…

Flynn respiró profundamente.

–Ya era hora… –murmuró. Dejó su copa y le quitó a Renee la suya, a pesar de que sólo había tomado un sorbo.

A continuación, la agarró por la cintura y la apretó contra él. El tacto de sus manos le abrasaba la piel a través del tejido.

–El deseo de colmar mis impulsos contigo me está volviendo loco…

Los nervios de Renee se disolvieron como un terrón de azúcar en agua hirviendo. Ella y Flynn siempre se habían entendido muy bien en la cama. Debería haber sabido que él no dejaría que se sintiera incómoda y que el sexo sería tan sencillo y natural como siempre lo había sido. Lo único que tenía que hacer era proteger sus sentimientos.

Él agachó la cabeza para besarla. Le rozó suavemente la boca con la suya, le mordisqueó ligeramente el labio y entonces empezó a besarla de verdad. Su sabor era delicioso, como el Flynn al que tanto recordaba. El corazón se le desbocó y pasó las manos sobre sus fuertes bíceps, anchos hombros y recia espalda.

Él hizo lo propio con sus manos y buscó las zonas más erógenas de su cuerpo, y Renee se dio cuenta de cuánto lo había echado de menos.

El pitido de un temporizador la sacó momentáneamente de su euforia erótica.

–¿Qué es eso?

–La cena –murmuró él contra su cuello, provocándola con el roce de sus dientes.

Renee se echó hacia atrás y lo miró a los ojos, que ardían de pasión.

–Me parece que la cena se va a enfriar...

Los labios de Flynn se curvaron en una sonrisa muy sensual.

–Buena idea... Espera un segundo.

Se apartó de ella y apagó el fuego antes de girarse de nuevo hacia Renee. Ella tragó saliva al ver el deseo que contraía sus rasgos mientras atravesaba la cocina con sus largas y firmes zancadas.

Flynn le agarró el dobladillo de la camiseta y se la quitó por encima de la cabeza. El movimiento fue tan brusco y repentino que ella ahogó un gemido de asombro, y a continuación soltó un jadeo de placer cuando él llevó las manos a los pechos.

–Creía que no podrías ser más bonita de lo que eras… pero estaba equivocado.

Ella le sujeto la cara entre las manos y le acarició la mandíbula.

–Gracias.

Flynn volvió a agachar la cabeza, pero esa vez lo hizo hacia su escote. La suavidad de sus labios contrastaba de una manera muy excitante con el áspero roce de su barba incipiente. Renee arqueó la espalda para facilitarle el acceso al tiempo que presionaba la pelvis contra la suya y notaba la dureza de su erección.

Flynn llevó las manos a su espalda, le desabrochó el sujetador y lo quitó de en medio para capturarle un pezón con la boca. Una ola de calor húmedo le recorrió la piel mientras él tiraba con sus labios, dientes y la punta de sus dedos.

Ella jadeó con fuerza y lo agarró de los cabellos para mantenerlo pegado a sus pechos. Flynn sabía cómo tocarla para darle placer. Ni demasiado suave ni demasiado fuerte. Nadie había podido satisfacerla nunca como él.

Sus hábiles dedos le desabrocharon el pantalón, le bajaron la cremallera y tiraron del pantalón y de las bragas hacia abajo. Con la palma extendida, llevó la mano sobre su cadera, su vientre y finalmente su vello púbico.

–Flynn…

Quería sentirlo piel contra piel. Apartó los zapatos y la ropa con un puntapié y volvió a retirarse unos centímetros para observarla mientras se desabotonaba la camisa.

–Qué hermosa eres…

—He engordado —dijo ella, repentinamente cohibida, pero él la hizo callar con un beso.

—Tu cuerpo me pone muy caliente, nena.

—Me alegro… Date prisa —le rogó. Intentó ayudarlo a desvestirse, pero sus manos se enredaron con las de él y sólo consiguió entorpecer sus movimientos. Impaciente, se olvidó de la camisa y pasó a ocuparse del cinturón y los pantalones.

En pocos segundos Flynn estaba tan desnudo como ella y fue el turno de Renee para llenarse la vista con sus anchos hombros, sus amplios pectorales y sus marcados abdominales. Con un dedo trazó la fina línea de vello que bisecaba la parte inferior del vientre hasta desaparecer en la mata que rodeaba su erección. Le rodeó el miembro con la mano y empezó a acariciar la enorme prolongación de carne dura y satinada, deleitándose con los débiles gruñidos con los que Flynn manifestaba su placer.

Sin previo aviso, él la levantó en sus brazos y la sentó en la mesa. Allí buscó la humedad que emanaba de su cuerpo y con los dedos le masajeó suavemente los pliegues empapados. Ella le rodeó las caderas con las piernas y le apretó con más fuerza el miembro.

—Me gusta…

—Despacio, nena.

—No quiero hacerlo despacio —quería hacerlo deprisa, con delirante frenesí, sin pensar en las dudas y los temores. El sexo con Flynn era maravilloso, tan perfecto y sublime que llegaba a asustarla. Era como si no hubieran transcurrido años desde la última vez. Como si sólo hubiera pasado un día desde que hicieran el amor en aquel mismo lugar.

En aquella cocina. En aquella mesa. Mientras la comida se enfriaba.

Lo agarró por la nuca y tiró de él para besarlo mientras se tumbaba de espaldas sobre la fría superficie de madera.

El cuerpo de Flynn la cubrió con su calor. Le separó las piernas con los muslos y volvió a buscarle el sexo con los dedos mientras le lamía y mordía los pezones. El placer se hacía tan intenso que Renee sintió que estaba a punto de estallar. Pero él debía de saber lo cerca que estaba del orgasmo. Siempre había podido leer como nadie su lenguaje corporal.

Flynn empezó a bajar por el torso y las caderas, hasta llegar al ombligo. Los músculos de Renee se tensaban con cada centímetro de piel que recorría. Él siguió bajando y finalmente llegó a su sexo, que procedió a lamer con una intensidad voraz. Renee se deshizo en gemidos y se retorció con fuerza.

–Flynn… te quiero dentro de mí –le suplicó con voz agonizante, e intentó atraerlo hacia ella.

–Aún no.

Siguió lamiéndola y devorándola con un apetito insaciable, hasta que las sensaciones desbordaron a Renee en forma de un orgasmo arrollador.

Él le clavó fijamente la mirada mientras ella intentaba recuperar el aliento. A continuación, le sujetó las manos sobre la cabeza y frotó el miembro contra la palpitante abertura de su sexo, sin llegar a penetrarla. Empezó a moverse a un ritmo constante y pausado, y con cada avance y retirada acercaba a Renee a un segundo orgasmo. Todo el cuerpo le vibraba de expectación, a punto de explotar de nuevo. Pero entonces, él se detuvo, con el grueso extremo de su verga rozando la entrada.

–No te pares ahora… –le ordenó ella. Lo apretó con las piernas y levantó las caderas.

–¿Y si lo hago? –la desafió él.

–Te lo haré pagar muy caro.

El pecho de Flynn se estremeció con una carcajada. Un segundo después, se hundió en su interior con una profunda embestida que dejó a Renee sin aire en los pulmones. Siguió empujando a un ritmo frenético, una y otra vez, hasta que ella perdió el control de su cuerpo y fue sacudida por una serie de convulsiones involuntarias.

Flynn enterró la cara en su cuello.

–No puedo aguantar más…

–No te aguantes… –se zafó de su agarre con un tirón y le clavó las uñas en la espalda al tiempo que le mordía el lóbulo de la oreja. El gemido de Flynn le indicó que había tocado el punto exacto, y un intenso temblor precedió a la descarga de sus fluidos dentro de ella.

Por un instante sintió el impulso de abrazarse íntimamente a él, pero se quitó la idea de la cabeza. En aquella ocasión no había lugar para los arrumacos. A medida que recuperaba la respiración y se le enfriaba la piel, se fue percatando de la gravedad de la situación. Podrían haber concebido un bebé aquella misma noche, y de ser así ya no habría vuelta atrás.

El miedo se apoderó de ella. Hasta unos minutos antes estaba convencida de que podía hacerlo, pero en cuanto empezaron a hacerlo perdió la perspectiva por completo. Su objetivo era quedarse embarazada y marcharse. Pero lo único que deseaba ahora era volver a hacer el amor con Flynn, una y otra vez. No podía permitir que el sexo con él se convirtiera en una adicción incontrolable, porque eso sólo la llevaría a la perdición.

Lo empujó con fuerza en los hombros.

–Deja que me levante.

Flynn se apartó lentamente de ella. Tenía los ojos medio cerrados, el rostro relajado y el pelo alborotado.

–¿Vas a alguna parte? –le preguntó con una media sonrisa. La ternura que brillaba en sus ojos hizo que el estómago le diera un vuelco alarmante.

No podía sentir nada por él. Aquello no era más que un abastecimiento de la demanda. Una transacción comercial. Ella quería un bebé y él le había prometido uno. Por desgracia, el calor y la humedad que provocaban sus cuerpos eran mucho más satisfactorios que cualquier operación económica, e infinitamente más íntimos que la inseminación artificial en una clínica de fertilidad.

Se levantó de la mesa y recogió su ropa del suelo. Aquello era sexo y nada más. Tendría que estar loca para arriesgarse a amarlo de nuevo. Lo que necesitaba era tiempo y espacio para reordenar sus pensamientos.

–Voy a darme una ducha antes de cenar.

–Buena idea… –dijo él, y se levantó rápidamente, como si tuviera intención de acompañarla.

–Sola –aclaró ella, y salió de la cocina con la ropa en la mano.

Capítulo Seis

Flynn se dio cuenta de que había cometido un error de cálculo cuando su mujer salió desnuda de la cocina. Su delicioso trasero se meneaba al ritmo de sus pies descalzos mientras se alejaba por el vestíbulo y subía por las escaleras.

Los encuentros pasionales no eran nada nuevo para él. Durante los cuatro o cinco últimos años había tenido varios de ellos mientras creía estar divorciado, pero el que acababa de tener con Renee le había dejado un horrible vacío en el pecho.

Recogió su camisa y se la puso. Su teoría de que recordándole a Renee lo bien que se entendían podría llevar a una reconciliación feliz se había demostrado errónea. La pregunta era ¿y ahora qué?

Se frotó la nuca y observó la cocina. La cena. Después de que ella se duchara, volvería a bajar y hablarían de la situación mientras comían el solomillo de ternera con beicon, espárragos con mantequilla y el pan de chapata que había comprado de camino a casa.

Una vez que analizara los datos, se replantearía la estrategia a seguir. Al parecer, haría falta algo más que sexo y comida para que Renee perdonara y olvidara los seis meses de desatención continua.

Se giró hacia la cocina y movió la parrilla para acabar los filetes y los espárragos. Un paso atrás y dos adelante. El viejo dicho se cumplía a la perfección. Aquel día Renee había firmado el contrato para las reformas y había comprado muebles para el cuarto del bebé, lo que la comprometía indirectamente a pasar más tiempo con él. Y luego habían tenido sexo sin protección… Tal vez sus gametos ya se estuvieran uniendo.

Entonces, ¿dónde estaba el fallo? ¿En qué punto exacto la había perdido? El sexo había sido formidable, aunque muy rápido. Los dos habían alcanzado un orgasmo glorioso. Por más que lo pensaba, no entendía el motivo de la repentina frialdad de Renee. No podía ser que tuviera miedo de quedarse embarazada, ya que lo del bebé había sido idea suya. Y además tenía intención de divorciarse, por lo que no podía temer que él fuera a abandonarla de nuevo. Algo que, por otro lado, no iba a suceder.

No le gustaba que Renee se reprimiera emocionalmente, aunque él estuviera haciendo lo mismo. Pero tenía que andarse con cuidado. No estaba seguro de poder sobreponerse a otra pérdida si volvía a amarla como la había amado tiempo atrás. La vez anterior había sobrevivido a la ruptura gracias a Maddox Communications, lo cual no dejaba de resultar paradójico, ya que, según Renee, fue su obsesión por el trabajo lo que acabó destrozando el matrimonio.

Cuando acabó de preparar la carne tenía una ligera idea de cómo afrontar la situación. Lo primero era identificar el problema. Después, hacerlo suyo. Y por último, solucionarlo.

Sirvió la comida en los platos, pero Renee seguía sin aparecer. ¿Pensaba quedarse en su habitación el resto de la noche? Él no estaba dispuesto a permitirlo, así que puso los platos en una bandeja y subió la cena por la escalera. La estrategia de llevarle el desayuno a la cama le había funcionado aquella mañana, de modo que ¿por qué no volver a intentarlo? Renee le había dicho en una ocasión que su familia comparaba la comida con el amor, y Flynn estaba dispuesto a demostrarle sus sentimientos alimentándola bien, igual que ella había hecho por él en el pasado. Estaba seguro de que entendería el mensaje.

Llamó a la puerta, pero no recibió respuesta. Seguramente Renee seguía en la ducha. Abrió y se encontró con la cama hecha y con la puerta del cuarto de baño abierta. Vacío. Entonces se fijó en que la puerta del balcón estaba entreabierta. Renee estaba apoyada en la barandilla, envuelta con una manta, contemplando la puesta de sol.

Flynn cruzó la habitación y abrió con el pie la puerta de la terraza. Ella se asustó y se giró bruscamente, pero él ignoró la severa expresión de su rostro y dejó la bandeja en la mesita.

—La cena está lista.

Ella no se apartó de la barandilla.

—Estoy ovulando, Flynn. Lo he comprobado.

Él ahogó un gemido.

—¿Cómo lo has comprobado?

—Me he hecho una prueba después de ducharme.

—¿Hay pruebas para eso?

—Sí, y como ya es tarde para echarse atrás, necesito saber si vas a respetar las condiciones que puse.

Él las había respetado... hasta que las echó por tierra. Quería recuperar a su mujer y no iba a conformarse con menos.

—Renee, sabes que nunca te obligaría a hacer algo que no quieras. Ni usaría a nuestro hijo como un arma contra ti.

—Me alegra saberlo.

—¿Cuánto tiempo estarás ovulando?

Ella recorrió la habitación con la mirada, antes de mirarlo a él.

—Tres días.

Eso significaba que tenían tres días para ilusionarse con la posibilidad del embarazo. Por otro lado, cada mes que Renee pasara sin quedarse embarazada sería más tiempo del que dispondría Flynn para intentar convencerla de que su relación podía funcionar.

Flynn le indicó la silla y esperó a qué se sentara.

—Te debo una disculpa.

La expresión de Renee se torno desconfiada.

—¿Por qué?

—En los últimos seis meses que estuvimos juntos, usaba esta casa como si fuera una habitación de hotel. Sólo venía cuando necesitaba ducharme o descansar para que no me estallara la cabeza. Y a ti te trataba como si fueras una criada. Incluso te dejaba dinero en la mesa como si fuera una propina.

Ella frunció el ceño.

—Flynn...

—Déjame acabar. Mi única excusa es que tenía miedo de fallarle a mi familia y al resto del personal de Maddox Communications. Pero al final te fallé a ti, que eras mucho más importante para mí que todos los demás juntos. Asumo toda la culpa por el fracaso de nuestro matrimonio.

Ella se quedó boquiabierta unos segundos, agachó la cabeza y bajó la mirada a los dedos que entrelazaba en el regazo. Un momento después, volvió a levantar la cabeza y lo miró bajo sus largas y espesas pestañas.

—Disculpa aceptada. Pero eso no cambia la situación. Tendremos a nuestro hijo y luego nos iremos cada uno por nuestro lado. No estoy buscando nada permanente, Flynn.

No era lo que él más deseaba oír, pero ya la haría cambiar de opinión…

—Todo se decidirá en su momento —dijo él, observándola atentamente. Renee tenía los hombros hundidos y una expresión de inquietud le cubría el rostro. Era evidente que le estaba ocultando algo, pero ¿de qué se trataba?

No descansaría hasta averiguarlo.

Hacer el amor con Flynn no había sido frío ni mecánico, como Renee había esperado que fuera. Y la exquisita cena que él le había preparado sólo empeoraba la situación, porque al cenar con él volvían a asaltarla los recuerdos. Recuerdos maravillosos de veladas compartidas, y recuerdos horribles de las horas que se pasaba esperándolo en el sofá, vestida con su lencería más sexy, o sentada en aquel mismo balcón bebiendo en solitario. Era una de las razones por las que había elegido aquella habitación… para recordarse lo débil que había sido.

Tal vez fuera una masoquista, pero su abuela siempre decía que la única forma de superar una debilidad era reconociéndola y enfrentándose a ella. Algo que la madre de Renee nunca había hecho con su problema de alcoholismo.

Renee dejó el tenedor y miró a Flynn. Su espeso cabello negro, sus intensos ojos azules, su recia mandíbula y sus sensuales labios. Flynn aborrecía la debilidad en todas sus formas. ¿La despreciaría también a ella si descubriese su secreto? ¿Intentaría volver a su hijo en su contra?

El impulso de escapar le aceleró el pulso y le secó la garganta. En aquella casa no podría encontrar el espacio que necesitaba para distanciarse de Flynn. El pasado se lo impedía.

—Me voy a Los Ángeles esta noche. Tengo que ver cómo lleva Tamara el negocio y alquilar una furgoneta nueva para la sucursal de San Francisco.

—Has dicho que estabas ovulando —le recordó él con el ceño fruncido.

Ahí estaba la complicación. Su ausencia habría de ser muy breve. Al día siguiente por la noche regresaría y haría el am… volvería a acostarse con Flynn aunque siguiera hecha un lío. Pero en esos momentos necesitaba la fuerza que sólo el distanciamiento físico y mental podía ofrecer.

—Serán sólo veinticuatro horas. Mañana mismo estaré de vuelta, en cuanto haya hecho todo lo que tengo que hacer en Los Ángeles.

Flynn la miró sin pestañear.

—Si te vas ahora no llegarás hasta después de medianoche.

—A estas horas habrá menos tráfico.

Él apretó los labios en una mueca severa e inclinó la cabeza.

–Deja que te ayude a conseguir la furgoneta. Conozco a un vendedor en un concesionario que te hará un buen precio.

Flynn siempre intentaba cuidar de ella y protegerla de cualquier dificultad, pero Renee tenía que hacerle entender que necesitaba valerse por sí misma.

–Puedo conseguir un coche sin la ayuda de un hombre, Flynn. Ya lo he hecho antes.

–Si esperases unos días, podría acompañarte.

Renee no podía depender de él. Al fin y al cabo, Flynn no era más que un arreglo temporal en su vida.

–El contratista vendrá pronto a empezar las obras, y entonces no podré ausentarme. Tengo que irme ahora. Esta noche.

El rostro de Flynn reflejó resignación.

–Llámame cuando llegues y cuando vayas a salir mañana.

Su preocupación le recordó a Renee los días en que no podían permanecer separados más de unas pocas horas, cuando se desvivían por complacerse mutuamente. Pero aquellos días formaban parte de un pasado que jamás se repetiría. Ella no iba a permitirlo.

–¿Qué tal ha ido tu semana en el purgatorio? –le preguntó Tamara desde el otro lado del mostrador de la cocina.

Renee dejó caer la violeta azucarada que intentaba colocar en un *petit four*.

–Sólo han sido cinco días, y no es el purgatorio.

–Vivir con mi ex lo sería.

–Tu ex es un idiota, y Flynn es un buen hombre. ¿Estás segura de que puedes encargarte tu sola de la boda de este fin de semana? Podría retrasar mi vuelta hasta el viernes por la noche y echarte una mano.

Los ojos de Tamara se abrieron como platos.

–¿Estás loca? Y no me cambies de tema. ¿Sabes? No tienes por qué buscar un bebé con él. Si tanto quieres tener un hijo, yo estaré encantada de darte una de las mías. Ya están enseñadas y te adoran como a una segunda madre.

–Ja, ja. ¿Ahora te dedicas a la comedía? Te recuerdo que fui yo quien tuvo que consolarte cuando tu hija menor empezó a ir a la escuela, ¿o es que lo has olvidado?

Tamara puso una mueca de desdén.

–¿Qué quieres que te diga? Estaba acostumbrada a llevarla a trabajar conmigo… Fue muy duro perder a la pequeña esclava que me hacía los recados.

Renee se echó a reír y usó las pinzas para glasear otra violeta. Se había arriesgado mucho al contratar a Tamara como ayudante cuatro años atrás. En la primera entrevista Tamara le había advertido que su hija Angela era epiléptica y que, tras sufrir unos cuantos ataques en una guardería, no confiaba en dejarla con nadie y por eso la llevaba con ella a todas partes. Le había asegurado a Renee que Angela no le daría ningún problema, y realmente el nombre de la pequeña hizo honor a su comportamiento.

Desde el primer día, Angela formó parte de la cocina. Renee preparó un rincón con juguetes y una cuna para que Tamara pudiera vigilar a su hija mientras trabajaba. Y a la hora del almuerzo salían a comer al aire libre para que Angela pudiera corretear por el jardín de la abuela.

El vínculo afectivo que Renee entabló con la niña aumentó su deseo de tener su propio hijo, y cuando Angela empezó a asistir al jardín de infancia el otoño pasado no fue Tamara la única que la echaba terriblemente de menos. Los juguetes y la cuna ya no estaban y Renee sentía un doloroso vacío en la cocina.

—Quiero tener una familia, Tamara.

—Supongo que sabrás que un hijo no te garantiza que vayas a recibir el mismo amor que das, ¿verdad?

Renee intentó disimular una mueca de dolor.

—Claro que lo sé.

—Ser madre soltera es muy duro.

—Eso también lo sé. Pero tú eres mi ejemplo a seguir. Además, después de haber practicado con tus hijos me siento preparada —observó la superficie del mostrador—. ¿Qué queda por preparar además de esto?

—Vuelves a cambiar de tema, pero lo único que queda por hacer son los sándwiches, y no los haré hasta mañana por la mañana. ¿Qué me dices de la bruja? ¿Sigue metiendo cizaña?

Renee puso los ojos en blanco. Había veces en que lamentaba contarle todo a su ayudante.

—Carol vino a verme con su arsenal de dardos venenosos, pero Flynn la oyó y la echó de casa.

–Ohh, impresionante. Lástima que no tuviera agallas para hacer eso mismo hace siete años.

–Nunca le dije que su madre me trataba como si fuera escoria –confesó Renee.

–Pues debiste hacerlo. ¿Estás segura de que puedes mantener esta relación en un plano puramente sexual? Te lo pregunto porque pareces dispuesta a defender a Flynn con uñas y dientes.

–Sé cómo manejar la situación… También te tengo a ti de ejemplo para eso.

Tamara soltó un bufido.

–Si sólo quiero sexo con los hombres es porque no confío en ninguno para que me ayude a criar a mis hijas… o porque todos salen corriendo cuando les hablo de ellas. Aunque no me quejo. Disfrutar de un hombre sin ataduras también tiene sus ventajas.

–Esas son las ventajas que quiero disfrutar.

–Aun así, deberías pensártelo muy bien antes de tener un hijo al que vayas a criar tú sola. Es un trabajo de veinticuatro horas al día, siete días a la semana.

–Lo sé –no se atrevió a confesarle a su ayudante que la decisión ya estaba tomada, porque no quería responder a las preguntas que inevitablemente seguirían–. Tú estás criando a dos hijas.

–Con tu ayuda.

Renee se encogió de hombros.

–Espero que yo también cuente con la tuya.

–¿Y qué pasará con la sucursal de San Francisco cuando consigas lo que quieres? No te quedarás indefinidamente en el sótano de Flynn, ¿verdad?

–Cuando el negocio empiece a dar beneficios,

buscaré un nuevo local y contrataré a alguien. Si todo sale como lo tengo previsto y me quedo embarazada pronto, mi hijo y yo estaremos de vuelta en Los Ángeles en menos de dos años.

Tamara se detuvo con la bolsa de masa en la mano.

—Puedes contar conmigo. Y no olvides decirle a ese marido tuyo que como se le ocurra volver a hacerte daño le romperé la cabeza con mi rodillo.

—Guárdate el rodillo... Flynn no volverá a tener oportunidad de destrozarme el corazón.

El miércoles por la mañana, Flynn no hacía más que mirar el reloj y contar los minutos que le faltaban para acabar la reunión. El trabajo siempre había acaparado sus pensamientos, hasta que Renee volvió a su vida y se convirtió en la prioridad absoluta.

Mientras escuchaba a medias lo que se decía en la sala de juntas, se sorprendió esbozando el rostro de Renee en el margen del informe que tenía ante él.

¿A qué hora llegaría a casa?

¿Volvería alguna vez?

Renee parecía tener dudas sobre el acuerdo después de haber hecho el amor. Incluso se había largado de la ciudad para no tener que hacerlo de nuevo. A él le habría encantado llevársela a la cama y pasarse toda la noche haciéndolo, pero ella no tenía interés en repetir la experiencia. Lo cual resultaba extraño, pues si realmente quisiera quedarse embarazada, tendría que aprovechar el periodo fértil al máximo. Flynn no lograba entenderla, y le molestaba que le hubiera mandado un mensaje en vez de llamarlo para comunicarle que había llegado sin problemas a Los Ángeles.

Volvió a mirar la hora. Cuando Renee volviera… si volvía… él le tendría una sorpresa preparada. A ella le gustaba hacer ejercicio en casa, así que Flynn había encargado una cinta andadora y un televisor para que pudiera caminar al tiempo que veía programas de cocina. Enviarían el equipo aquella tarde.

Brock seguía explicando los efectos de la crisis económica en el mercado de la publicidad. Nada que Flynn no supiera, siendo vicepresidente de Maddox Communications. Entonces su hermano pasó a hablar de Athos Koteas y sus artimañas para atraer a los clientes de la competencia. Era de sobra conocido por todos que el inmigrante griego no vacilaba a la hora de recurrir al juego sucio para desacreditar a sus rivales. Al menos ninguno de sus tres hijos era tan competitivo como el.

–¡Eso es un disparate! –exclamó Asher Williams, el gerente de Maddox Communications, en respuesta a algo que Brock acababa de decir y de lo que Flynn no se había enterado.

Observó los rostros llenos de tensión e intentó imaginar qué podía haber alterado al imperturbable Ash.

–Tenemos que hacer que funcione, Ash –insistió Brock.

–Estás pidiendo lo imposible –Ash se levantó y salió de la sala. El silencio que dejó atrás sólo se rompió por la maldición en voz baja de Brock y los incómodos carraspeos de los demás.

Flynn decidió intervenir y se levantó.

–Voy a hablar con él.

Siguió a Ash por el pasillo hasta el despacho del gerente y llamó con los nudillos a la puerta abierta.

–¿Estás bien?

Ash frunció el ceño.

–Lo que Brock quiere es imposible de llevar a cabo.s

–Ya te he oído. Pero tenemos que seguir siendo competitivos –arguyó Flynn mientras cerraba la puerta.

Ash miró en silencio por la ventana.

–¿Tiene algo que ver con el trabajo? –se atrevió a preguntarle Flynn–. ¿O se trata de algo personal, Ash?

–Melody se ha marchado.

Otro hombre con problemas sentimentales. El dicho sobre las mujeres iba a resultar cierto: no se podía vivir con ellas ni tampoco sin ellas.

–¿Es algo temporal o es para siempre?

–No lo sé.

–¿Tienes idea de adónde se ha ido?

–No.

–Te comprendo, porque yo he pasado por lo mismo… ¿Vas a buscarla?

Ash se giró bruscamente hacia él.

–Claro que no –declaró–. Lo nuestro sólo era algo pasajero. La he estado manteniendo mientras se dedicaba a estudiar Derecho, pero supongo que habrá encontrado a otro imbécil al que sacarle los cuartos.

–Es una lástima perder a la mujer que amas y que…

–Yo no he dicho que la ame. Nunca la he amado. Sólo estoy enfadado, nada más.

–Claro –el rechazo era algo estupendo. Flynn lo había estado manteniendo durante años–. Si necesitas algo, aunque sea un chófer para llevarte a casa si bebes más de la cuenta, cuenta conmigo.

Ash volvió a mirarlo. Por mucho que alegara no estar dolido, sus ojos decían otra cosa.

Flynn pensó que él debió de tener el mismo aspecto cuando Renee lo abandonó. Estaba decidido a enmendar los fallos y recuperar su matrimonio, pero por mucho que quisiera una relación estable con Renee y tener hijos con ella, no podía permitirse amarla como una vez la había amado.

Guardaría su amor para su hijo, o sus hijos, en caso de que pudiera convencerla para tener más. Al menos ellos no lo abandonarían hasta que no fueran a la universidad.

Capítulo Siete

Volver a casa de Flynn en su furgoneta nueva no debería tener nada de excitante, pero para Renee era como un potente afrodisíaco. Sabía que aquella noche volverían a tener sexo. Sólo sexo. Nada de emociones ni lazos afectivos. Únicamente seducción erótica, pasión desbordada y placer salvaje.

La excitación se apoderó de su cuerpo. El pulso se le aceleraba, la respiración se le entrecortaba, la piel le ardía y no dejaba de tragar saliva. Las manos le temblaban violentamente mientras se guardaba las llaves de la furgoneta y subía los escalones de la entrada.

El silencio la recibió al entrar. Debería haber comprobado si el coche de Flynn estaba en el garaje. Entonces olió el aroma a especias, tomate y ajo que impregnaba el aire. Era una comida italiana. ¿La lasaña de Mama G, tal vez? Volvió a aspirar y distinguió el olor de la masa. Era la pizza de Papa G. La boca se le hizo agua y el estómago le rugió de apetito, no precisamente sexual.

Nadie hacía la pizza como Papa G. Ella y Flynn las habían pedido en muchas ocasiones, cuando las reformas de la casa los dejaban demasiado cansados para salir o cocinar.

–¿Flynn? –siguió el olor hasta la cocina y se la encontró desierta. Había una nota en la mesa.

Intentó no pensar en lo que habían hecho en aquella misma mesa el día anterior y agarró rápidamente la nota para alejarse de la escena del crimen.

«Ven al sótano», había escrito Flynn.

¿Había empezado ya a montar la cocina? Renee dejó el bolso en la encimera y bajó a toda prisa, pero tampoco lo encontró en la zona del sótano reservada para su negocio.

–¿Flynn?

–Estoy aquí –respondió él desde el cuarto trasero.

A medida que se acercaba, oyó un programa de reformas domésticas que emitían por televisión. Abrió la puerta y se encontró con una alfombra que siete años antes no estaba allí, como tampoco los aparatos de gimnasia que llenaban el cuarto. Un banco de pesas ocupaba el centro de la habitación, flanqueado por una bicicleta estática y una cinta andadora.

Flynn estaba de pie frente a un televisor de pantalla plana instalado en la pared. Iba vestido con unos vaqueros descoloridos, camiseta blanca y ceñida y botas de trabajo. El cinturón de herramientas que colgaba de sus caderas resaltaba su torneado trasero. Se giró hacia ella y extendió los brazos.

–¿Qué te parece?

Lo que le parecía era que Flynn tenía un aspecto irresistible.

Él le arrojó un pequeño objeto negro. Ella se sacudió rápidamente el ensimismamiento y lo agarró al vuelo. Era un mando a distancia.

–No sabía que habías transformado este cuarto en un gimnasio.

–Lo he hecho hoy. Así podrás ver tus programas de cocina mientras haces ejercicio.

Renee ahogó una exclamación de sorpresa.

–¿Has hecho todo esto por mí?

Él asintió.

–Encargué los aparatos el día después de que vinieras. Los han traído hoy.

El muro que Renee había erigido en torno a su corazón amenazó con derrumbarse. Aquél era el Flynn de los primeros días, el que siempre la estaba sorprendiendo con toda clase de detalles y regalos. El hombre del que ella se había enamorado.

Tragó saliva y se recordó a sí misma que no podía exponer su corazón.

–Eres muy amable, Flynn, pero podría haberme apuntado al gimnasio.

–Tu gimnasio favorito cerró. Las instalaciones más cercanas no son tan buenas, y siempre has odiado tener problemas para aparcar.

Renee puso una mueca al recordar cómo se había aprovechado de la menor oportunidad para evitar hacer deporte. Pero eso fue en su juventud, cuando podía comer de todo sin engordar un solo gramo. Al entrar en la treintena el cuerpo empezó a experimentar cambios bastante drásticos. Por mucho que apreciara la sabiduría que otorgaban los años, había ciertos aspectos de la madurez que no le gustaban tanto.

–Sí, bueno, pero… no tenías por qué comprar todo esto. Gracias.

Él señaló un rincón vacío.

–Ahí se puede colocar una cuna o un parque. Para cuando nazca el bebé.

A Renee se le llenó la cabeza de imágenes de Flynn acariciándole el vientre, haciendo ejercicio a su lado mientras ella intentaba recuperar la figura, acunando a su hijo en los brazos...

–Espero... –se le formó un nudo de emoción en la garganta– espero que tú también uses estos aparatos.

–Lo haré. Especialmente éste –se sentó a horcajadas en el banco de pesas y tiró de la barra hacia abajo, flexionando sus poderosos bíceps.

Ella deseaba a aquel Flynn. Natural, relajado e irresistiblemente sexy.

Se acercó a él y se inclinó para besarlo. Él dejó que tomara la iniciativa y esperó a que le introdujera la lengua en la boca antes de responder, sin soltar la barra.

Sus lenguas se encontraron y a Renee se le aceleró el pulso mientras le sorbía el labio inferior. Flynn emitió un gruñido de placer y ella levantó la cabeza para mirarlo. La pasión ardía en sus pupilas dilatadas.

Él sacudió la cabeza.

–Por mucho que desee hacerlo aquí y ahora, esta noche no vamos a precipitarnos. Esta vez quiero llevarte a la cama y que ambos acabemos desnudos, empapados de sudor y sin aliento.

El deseo casi le impedía hablar.

–Yo ya estoy sin aliento y... empapada.

Él respiró profundamente y una maliciosa sonrisa curvó sus labios.

–Lo primero es la cena.

Se levantó del banco y pasó rápidamente junto a ella, dejándola jadeante y muerta de hambre.

Pero no era la pizza de Papa G lo que quería comer.

Flynn estaba tan tenso que apenas podía tragar.

La cena fue una sesión interminable de juegos preliminares. Con un brillo de picardía en los ojos, Renee se relamía los labios y los dedos para limpiarse los restos de queso y pepperoni. Flynn quería aquella enloquecedora lengua en sus labios, y en cuanto Renee apartó su plato, él se levantó con brusquedad, agarró los platos y los dejó descuidadamente en el fregadero. No había acabado de hacerlo cuando el chirrido de la silla de Renee lo hizo girarse.

Estaba de pie junto a la puerta de la cocina, y su mirada ardiente de deseo teñía sus ojos de un intenso color morado. Sin decir palabra, se quitó el jersey y lo dejó caer al suelo, antes de darse la vuelta y caminar tranquilamente hacia la escalera. Era el mismo camino por el que se había retirado la noche anterior, pero esa vez la invitación era flagrantemente obvia en el sensual contoneo de sus caderas.

Flynn sonrió al reconocer la seducción de los viejos tiempos, cuando él y Renee iban soltando sus prendas por la casa como un rastro de migas de pan que conducía al lugar elegido para hacer el amor. Por desgracia, aquellos juegos no duraron mucho. Y la culpa sólo era suya, por llegar demasiado cansado a casa y no tener ánimos para aceptar las invitaciones de su mujer. La decepción que vio en el rostro de Renee al rechazarla lo llevó a dormir en la oficina con demasiada frecuencia. Tenía tanto miedo de fracasar en su trabajo que no podía aceptar la posibilidad de fracasar también en su casa. Al final, su miedo acabó siendo profético.

Pero eso se había acabado. Ahora podía controlar todos los aspectos de su vida. Todos, salvo su relación con Renee... aún.

Se sentó para quitarse las botas y los calcetines y a continuación siguió a Renee, cuyo sujetador rosa colgaba del pasamanos de la escalera. Lo agarró y aspiró su olor. La diminuta prenda de encaje aún conservaba el calor de su cuerpo, y era tan diáfano que podían verse los dedos a través de las copas. A mitad de la escalera Renee había dejado un zapato. Y unos escalones más arriba, el otro. Flynn se quitó la camiseta y la dejó sobre la barandilla, sin importarle que resbalara hacia abajo. Los pantalones de Renee descansaban en el rellano. Flynn dejó caer los suyos encima y se detuvo. ¿A qué dormitorio dirigirse? ¿Al suyo o al de ella?

Las bragas rosas colgaban del pomo de la puerta de Flynn. Sonriendo, las enganchó con un dedo y las olió con deleite, antes de abrir la puerta. Renee estaba recostada en la cama sobre un montón de cojines, desnuda y voluptuosa, con una pierna doblada para ocultar su sexo.

Flynn le mostró la lencería que colgaba de sus dedos.

—La próxima vez quiero que las lleves puestas... para que yo pueda quitártelas.

Ella se lamió los labios y Flynn se imaginó aquella lengua recorriendo su erección. Los ojos de Re-

113

nee lo recorrieron de arriba abajo, deteniéndose en el bulto de sus boxers.

–Uno de los dos lleva demasiada ropa...

Flynn soltó la ropa interior, se bajó los calzoncillos y los apartó con un puntapié. Entonces, muy despacio, avanzó hacia la cama y se tendió junto a Renee, pero sin llegar a tocarla. Aún no. Una vez que lo hiciera ya no podría parar. La cara y los pechos de Renee ardían de excitación. Tenía los pezones duros y puntiagudos y el vientre le temblaba con cada respiración. Flynn se moría por estar dentro de ella, pero se había prometido que lo haría con calma y que le recordaría a Renee lo bien que se entendían sus cuerpos.

Se enrolló uno de sus rubios mechones en el dedo y le acarició la mejilla, la nariz y sus labios.

–He echado de menos esto... A nosotros.

Ella suspiró débilmente, le agarró la mano y la llevó hacia sus pechos. El pezón se le clavó en la palma, y Flynn lo masajeó entre sus dedos hasta hacerla gemir. Se apoyó en el codo y reemplazó los dedos con su boca, dejando la mano libre para explorar el otro pecho, el vientre y la entrepierna. Renee ya estaba caliente y mojada, y el deseo acuciaba a Flynn a poseerla. Pero no quería apresurarse y siguió acariciándole la piel desnuda, buscando los puntos erógenos detrás de la rodilla, en la cintura, en el brazo y alrededor del ombligo. La convulsión de Renee lo acució a seguir el mismo recorrido co los labios. Ella lo agarró por el pelo y curvó los dedos de los pies contra las sábanas mientras Flynn se colmaba con su olor, su sabor y la exquisita suavidad de su piel. Subió un pie por su pantorrilla y volvió a bajarlo, y con la mano libre le acarició la espalda y el trasero, de camino hacia su erección. Pero Flynn la mantuvo fuera de su alcance para no sucumbir a las prisas. Entonces Renee le soltó el pelo y le rozó con las uñas un punto ultrasensible bajo la oreja. El deseo era enloquecedor. Renee nunca había sido una amante pasiva. Todo lo contrario. Daba tanto como recibía.

Le recorrió el empeine con los dientes y sintió como tensaba las piernas. Rodeó el tobillo con la lengua y fue subiendo por la pierna hasta la curva de los glúteos, que también se endurecieron. Ella se retorció y lo rodeó con las piernas para frotar el sexo contra su muslo.

Flynn le hizo separar las piernas, exponiéndola a su mirada y su boca, y empezó a lamerla con avidez. Los jadeos, contracciones y temblores de Renee le indicaron lo cerca que estaba del orgasmo, pero él no quería concedérselo tan pronto. Con una lentitud deliberada, le tocaba el clítoris con la punta de la lengua y luego se retiraba, sonriendo al oír sus gemidos de frustración. Repitió el proceso unas cuantas veces, hasta que ella lo agarró por el pelo cuando se disponía a retroceder.

–Por favor, Flynn…

Aquel ruego entrecortado y jadeante a punto estuvo de ser su perdición. La sangre se le concentró en su sexo, abultado y palpitante, que le recordaba con insistencia quién mandaba allí. Deslizó los dedos en el interior de Renee y la sintió tan húmeda, caliente y preparada que le costó toda su fuerza de voluntad retrasar el momento culminante.

Siguió devorándola y tocándola, provocando que sus gemidos y contorsiones fueran cada vez más fuertes, hasta que sintió como sus músculos internos le apretaban los dedos y sus gritos llenaban la habitación. El orgasmo barrió a Renee con una intensidad arrolladora, pero Flynn apenas le dio tiempo para que recuperase el aliento antes de llevarla a un segundo clímax.

Finalmente, ella se derrumbó en la cama, exhausta y consumida, y Flynn le concedió un descanso antes del siguiente asalto. Ella le tocó la mejilla y lo miró a los ojos.

–Para mi próximo orgasmo te quiero dentro de mí. Por favor, Flynn… me encanta sentirte dentro.

Flynn no podía seguir conteniéndose por más tiempo. Se colocó sobre ella, se enganchó las piernas de Renee en sus brazos y empujó hasta el fondo del túnel anegado, cuyas elásticas paredes le oprimieron el miembro hasta que la cabeza casi le estalló de placer.

Se retiró y volvió a penetrarla repetidas veces. Los pechos de Renee se agitaban con cada poderosa embestida. Flynn los agarró y masajeó, pellizcándole los pezones mientras empujaba frenéticamente con las caderas.

Renee cruzó los tobillos por detrás de su espalda y lo aferró por los hombros para tirar de él y besarlo. Sus labios y lenguas se unieron en un beso tan apasionado que Flynn creyó perder el juicio. En un desesperado intento por retrasar lo inevitable se concentró por entero en ella, en la rigidez de sus músculos, en el sudor que la empapaba y en sus jadeos ahogados. Pero una mecha había prendido en su garganta y el fuego se propagó imparablemente por su piel como si fuera una bengala. Un rugido retumbó en su pecho al tiempo que despegaba la boca de Renee, y hasta el último rincón de su cuerpo fue arrasado por una oleada de placer tras otra, hasta que de él no quedó más que un montón de cenizas.

Los brazos le cedieron y se derrumbó sobre Renee. Sus pechos amortiguaron la caída, pero él empleó las pocas fuerzas que le quedaban en echarse a un lado y no aplastarla bajo su peso. Una nube de satisfacción le nublaba la razón y le empañaba la vista mientras la envolvía con sus brazos. Aquello era lo que deberían haber hecho durante los últimos siete años. Ninguna aventura pasajera podía proporcionar el placer que sentía con Renee.

Estaban hechos para estar juntos.

Mientras su cuerpo se iba enfriando y su mente se iba despejando, se dio cuenta de algo muy interesante. El trato que había hecho con Renee no era sólo para enmendar un error, sino también para ganar algo. O mejor dicho, para recuperar a su esposa.

De ninguna manera iba a dejarla escapar otra vez. La pasión era demasiado intensa para renunciar a ella. Emplearía todos los medios que fueran necesarios para que Renee permaneciera a su lado, donde debía estar.

Era el momento de aumentar el ritmo.

El jueves por la noche, Renee rebosaba de excitación mientras veía como los obreros guardaban las herramientas tras acabar la jornada laboral en el sótano. Las reformas se estaban realizando a una velocidad mucho mayor que las obras que tuvo que acometer en casa de su abuela. Y todo gracias a Flynn, quien sólo tenía que servirse de su influencia para que el trabajo se realizara con una rapidez sorprendente. El día anterior había instalado el gimnasio, y sólo veinticuatro horas después había conseguido los permisos y habían comenzado las obras de la nueva cocina de Renee.

–¿Cómo ha ido el primer día de reformas? –le preguntó Flynn detrás de ella, abrazándola por la cintura.

A Renee le dio un vuelco el corazón al oírlo y sentirlo. No esperaba que volviese a casa hasta mucho más tarde… en caso de que volviera, y por un instante se vio invadida por las sombras del pasado. Se dio la vuelta rápidamente al tiempo que se apartaba de él. Flynn irradiaba un carisma arrollador con su impecable traje gris, pero ella lo prefería con pantalones caquis y camisas arremangadas como las que llevaba cuando trabajaba para la empresa de arquitectura, o con los vaqueros descoloridos y camisetas que se ponía para las reformas.

Los recuerdos de la noche anterior la impulsaron hacia delante, pero su conciencia la hizo retroceder. La satisfacción sexual no garantizaba la felicidad. Por esa razón se había escabullido de la cama de Flynn en cuanto él se quedó dormido, y por eso había madrugado aquella mañana, había bajado al gimnasio y se había puesto los auriculares para que él la encontrase haciendo ejercicio antes de irse a trabajar.

Tenía que admitir que se estaba comportando

como una cobarde, evitando enfrentarse a la situación que más miedo le daba.

–Han colocado los azulejos. Mañana enlecharán las paredes y el lunes instalarán los armarios.

Flynn caminó hacia la puerta y echó un vistazo.

–Muy bien.

Ella se sorprendió mirando sus hombros, espalda y trasero. Se obligó a desviar la mirada, pero aquello no bastaba para sosegarle el pulso ni sofocar el calor que se concentraba en su entrepierna.

–Este fin de semana aprovecharé para pintar.

Él volvió a mirarla, pero ella evitó su mirada, temerosa de mostrar el deseo que apenas podía controlar.

–¿No has contratado a un pintor?

–No. Prefiero hacerlo por mí misma. Así ahorraré dinero y tendré tiempo para pensar –entre otras cosas, cómo acabaría aquel acuerdo tan peculiar entre ambos. Debería haberlo plasmado todo por escrito, preferiblemente en el despacho de su abogado, pero el secretismo impuesto por Flynn lo había impedido–. Además, me gusta pintar.

–Lo sé –afirmó él con una media sonrisa–. Y yo te ayudaré.

Renee sintió un hormigueo en el estómago. Trabajar codo a codo con Flynn era una tentación demasiado peligrosa.

–Puedo hacerlo yo sola.

–Ya sé que puedes, Renee. No tengo la menor duda de que puedes desempeñar cualquier tarea que te propongas, pero mis intereses también están en juego.

Recordar que aquélla era la casa de Flynn le sirvió a Renee para adoptar la seriedad que tanto necesitaba.

—Sí, por supuesto.

—Quiero decir que tu negocio tiene que estar en marcha antes de que el embarazo te dificulte las cosas.

La consideración de Flynn la conmovió profundamente.

—Puede que aún no esté embarazada.

—Pero lo estarás. Y pronto.

La sensualidad de sus prometedoras palabras le encogió el corazón.

—No sé qué hilos habrás movido, pero el contratista me ha dicho que podré empezar a usar la cocina al final de la semana que viene.

—En ese caso, me alegro de tener una lista de clientes.

—¿Cómo dices? —le preguntó Renee, sorprendida.

—Les he hablado de California Girl's Catering a unas cuantas personas y quieren hacerte algunos encargos. Uno de ellos quiere tener una cita lo antes posible para hacerte un pedido de emergencia.

Renee estaba asombrada de lo rápido que se movía Flynn.

—Ojalá te hubiera tenido cerca cuando empecé este negocio. No me resultó tan fácil conseguir clientes… Tengo que preparar un plan promocional y contratar personal a media jornada.

—Puedo recomendarte una agencia de empleo para que busques el personal adecuado, y en cuanto al plan promocional puedes recurrir a Maddox Communications.

La generosidad de Flynn era un serio obstáculo a la hora de guardar la distancia emocional.

–Gracias, pero Maddox Communications no entra en mi presupuesto.

–Eso ya lo veremos –repuso él. Levantó una mano y enredó los dedos en su pelo. Renee se puso completamente rígida, con la respiración contenida–. Tienes algo en el pelo...

Tiró suavemente de los mechones, pero no la soltó después de haber retirado lo que fuera que estuviese pegado en el pelo. En vez de eso, la agarró por la nuca y se inclinó para besarla en la boca. Las alarmas saltaron en la cabeza de Renee, pero su cuerpo respondió de una forma muy distinta, y muy preocupante.

La boca de Flynn la acuciaba a separar los labios, y cuando lo hizo, su lengua la invadió y se enredó con la suya. Bajó las manos por sus brazos hasta posarse en su trasero y tiró de ella hasta envolverla con el calor de su cuerpo.

Renee no podía permitirse volver a amarlo, pero no podía contener el deseo. Por muy grande que fuera el riesgo, la pasión que ardía en sus venas ahogaba la voz de la razón y la incitaba a saltar al vacío.

Le puso las manos en el pecho y sintió los fuertes latidos de su corazón. ¿Cómo era posible que Flynn pudiera excitarla de aquella manera con un simple beso?

Se oyó la puerta de una camioneta al cerrarse, seguramente la de uno de los trabajadores. Flynn se retiró de mala gana y miró la hora en su reloj.

–Se supone que voy a llevarte al Rosa Lounge para tomar una copa con el personal de Maddox Communications.

La farsa continuaba. Cuanta más gente la conociera en San Francisco, más explicaciones tendría que dar Flynn cuando volvieran a separarse.

–¿Qué es el Rosa Lounge?

–Es un bar en Stockton. El equipo siempre se reúne allí para celebrar algo.

–Flynn, no creo que sea buena idea que yo participe en una celebración con tus compañeros de trabajo. Cuando me marche…

–Ya me ocuparé de eso si llega el momento. Si queremos que esta reconciliación parezca real, tienes que acompañarme.

–«Si» llega el momento, no. «Cuando» llegue el momento –corrigió ella–. No me gusta mentirle a nadie.

–¿Prefieres que llame a Brock y le diga que hemos decidido acostarnos pronto?

Las mejillas le ardieron por la insinuación, al igual que la entrepierna. ¿Volverían a tener sexo aquella noche? ¿Lo deseaba ella? La repuesta era un sí tan rotundo que la asustó.

–Lauren estará allí –le dijo él, colocándole un mechón detrás de la oreja.

Renee puso una mueca de remordimiento ante la idea de engañar a Lauren, quien le caía muy bien y con quien tenía mucho en común. Pero ¿qué otra opción tenía?

–Tengo que ducharme y cambiarme de ropa –dijo, señalándose los vaqueros y el jersey viejo.

Se enfrentaría a los colegas de Flynn y haría la mejor actuación de su vida. Por el bien de su futuro hijo, todo el mundo tenía que creerse la historia que Flynn se había inventado.

Capítulo Ocho

Renee entró detrás de Flynn en el bar y observó el local elegante y tenuemente iluminado. A juzgar por el menú escrito con un rotulador verde fluorescente en la pizarra, la clientela debía de ser muy selecta y adinerada.

Flynn la rodeó por la cintura e inclinó la cabeza para susurrarle algo al oído.

–Vamos a las mesas del fondo.

Para cualquiera que los viese parecería el susurro íntimo de una pareja enamorada, pero en realidad había sido una orden tajante que no admitía discusión, reforzada por la mano que la sujetaba firmemente por la cintura para que no se le ocurriera escapar.

Renee se abrió camino entre la barra y las mesas verdes de cristal con sus altos taburetes negros. Oyó las voces antes de ver una mesa alargada ocupada por media docena de clientes bien vestidos, cuyas edades oscilaban entre los veintipocos y treinta y tantos años.

Lauren levantó la cabeza y saludó con la mano a Renee y a Flynn al verlos. Las demás cabezas se volvieron hacia ellos y Renee intentó reprimir los nervios mientras devolvía el saludo. Pero entonces reconoció un rostro familiar y sintió que se le contraía el estómago. Brock, al igual que sus padres, nunca le había tenido mucha simpatía a Renee, por lo que resultaba un poco extraño que se hubiera quedado con los papeles del divorcio. Lo lógico hubiera sido que estuviera ansioso por perderla de vista para siempre.

Brock se levantó de la cabecera de la mesa y se acercó a ella.

—Bienvenida de nuevo, Renee —le dijo, pero su mirada y su voz eran tan frías como el apretón de manos. ¿Le habría contado Flynn la verdad? ¿Se lo habría dicho a alguien?

—Gracias. Me… alegró de haber vuelto —añadió, ya que era lo que se esperaba de ella.

Flynn la abrazó por detrás y se apretó contra ella.

—Os presento a Renee, mi mujer —todo el mundo la saludó alegremente—. Ya conoces a Celia y a Lauren.

—Sí, hola de nuevo —las dos mujeres le dedicaron una sonrisa que parecía sincera.

—La que está sentada a la derecha de Brock es Elle, su ayudante. Y a la izquierda de Lauren está Jason, uno de nuestros mejores publicistas —Renee los saludó con la cabeza, ya que Flynn no la soltó para que les estrechara la mano—. Ése es Ash, otro publicista, y a Gavin ya lo conoces.

Los nombres se sucedían tan rápido que Renee confió en poder recordarlos.

—Hola a todos. Gracias por invitarme esta noche.

Se sentó en la silla que Flynn le retiró y él se sentó lo bastante cerca como para que sus piernas se tocaran bajo la mesa. Le ofreció un menú con

124

una mano y estiró el otro brazo sobre el respaldo de su silla, le agarró un mechón y tiró con suavidad.

Renee se estremeció. Su nuca siempre había sido un punto muy sensible, y Flynn lo sabía. Levantó la mirada y vio a Celia, Elle y Lauren observando atentamente. Lauren le hizo un guiño y se apretó contra Jason. Elle desvió la mirada hacia Brock y lo miró fijamente unos instantes antes de volver a fijarse en el menú. ¿Estaría analizando la expresión de Brock para intuir su reacción al regreso de Renee?

–¿Qué les sirvo? –les preguntó la camarera.

–Una Coca–Cola light, por favor –dijo Renee.

–Bushmills para mí –dijo Flynn. Era su whisky irlandés favorito desde que ella lo conocía.

–¿No vas a tomar un Martini? –le preguntó Celia a Renee–. El Rosa Lounge es famoso por ellos.

–Tú no estarás embarazada también, ¿verdad? –preguntó Elle.

Todas las miradas se clavaron en Renee.

–No, que yo sepa –respondió ella con una sonrisa, intentando aparentar la mayor naturalidad posible.

–Renee y yo siempre hemos querido tener una familia numerosa. Tal vez ahora sea posible…

Lo dijo con tanta seguridad que, de no haber sabido que todo aquello era una farsa, Renee habría pensado que sus ojos y su sonrisa reflejaban un amor verdadero.

Flynn quería que la reconciliación fuera creíble, y por ello había hecho pública su intención de tener hijos. De esa manera todos serían testigos de su éxito o fracaso.

Y al final sería un fracaso… Porque ella volvería a marcharse, por muy convincente que Flynn pudiera ser en su papel de amante. Si quería conservar la cordura tendría que escapar en cuanto cumpliera con su parte del trato.

De lo contrario, estaría perdida.

Renee se despertó al oír unos latidos constantes justo debajo de su oreja. Por unos momentos no supo dónde estaba ni qué día era, pero entonces recordó que era viernes y que los obreros debían de estar al llegar para enlechar las paredes del sótano.

Abrió los ojos y lo primero que vio fue un torso masculino. El corazón le dio un vuelco al reconocer a Flynn, cuyos brazos la rodeaban y cuya erección se apretaba contra el muslo que ella había colocado en sus caderas.

Renee no debería estar allí, pero seguramente se había quedado dormida la noche anterior tras una sesión de sexo maravilloso y agotador. La clase de sexo que tenían en los primeros días de su relación, cuando nunca tenían bastante.

La noche anterior, en el Rosa Lounge, Flynn se valió de la farsa de su reconciliación para tocarla a la menor oportunidad. Jugueteaba con su pelo, le acariciaba el brazo y los hombros y le tocaba los muslos bajo la mesa, sabiendo que ella no podía rechazarlo por culpa del acuerdo. Y aunque era evidente que se estaba aprovechando de la situación, la había excitado tanto que empezaron a arrancarse la ropa el uno al otro en cuanto volvieron a casa. Acabaron en la cama de Flynn, y ella se dijo que esperaría a recuperar las fuerzas para retirarse a su habitación, ducharse y meterse en su propia cama. Sin embargo, allí estaba, abrazada a su marido y envuelta por su olor y calor.

Y allí quería quedarse. Por esa misma razón tenía que levantarse cuanto antes. El problema era que no quería despertar a Flynn. No quería enfrentarse a él después del convincente papel que había interpretado en el bar, haciéndoles ver a su hermano, a sus colegas, e incluso a ella misma, que era un marido enamorado y posesivo.

Afortunadamente, Renee sabía que Flynn había dejado de amarla mucho tiempo atrás. Se lo había demostrado una y otra vez al no volver a casa por las noches.

Con mucho cuidado, intentando no hacer ruido al respirar, se separó lentamente de él. Casi lo había conseguido cuando Flynn volvió a tirar de ella para apretarla contra su pecho.

–¿Vas a algún sitio? –le preguntó con una voz áspera y sensual, que retumbó por el cuerpo de Renee como el traqueteo de una locomotora.

–Tengo que vestirme antes de que lleguen los obreros.

Él respiró profundamente, se estiró y llevó la mano hacia el trasero de Renee, despertándole un apetito sexual que ya debería estar sobradamente saciado.

–Flynn… deja que me levante.

Él se incorporo ligeramente para mirar el despertador y volvió a apoyarse en un codo.

–Aún tenemos media hora…

Las intenciones que se adivinaban en su voz desataron otra ola de deseo en Renee.

–Ya no estoy en período fértil.

La mano de Flynn se extendió sobre su cadera y su costado hasta llegar al pecho. Le tocó el pezón y le rozó la sien con los labios.

–No tienes por qué estarlo para que te haga pasar un buen rato.

El deseo se hacía tan fuerte que tuvo que empujar a Flynn en el pecho. No podía sucumbir a su hechizo otra vez.

–Acordamos que no lo haríamos, a menos que fuera el momento para concebir.

–No hay ninguna regla escrita en nuestro acuerdo.

–Pues quizá debería haberlas.

Él la mantuvo sujeta con sus poderosos brazos y su intensa mirada, como si estuviera pensando en hacerla cambiar de opinión. Y una parte de ella quería que lo intentara. La parte que debía ignorar.

Finalmente, Flynn la soltó.

–Corre si quieres.

–No quiero salir corriendo –protestó ella–. Pero los obreros llegarán de un momento a otro.

Se levantó de la cama y buscó algo con lo que cubrirse, pero su ropa se había quedado abajo en el vestíbulo, donde Flynn la había desnudado. Lo único que podía hacer era quitarle la sábana a Flynn o saquear el armario.

Se cubrió los pechos con los brazos y retrocedió hacia el pasillo.

–Voy a ducharme.

Él se incorporó en la cama, dejando caer la sábana hasta la cintura y mostrando la impresionante imagen de su pecho y abdomen.

—Esta noche traeremos aquí tus cosas.

El pánico se apoderó de ella.

—No voy a compartir esta habitación contigo.

—¿Cuándo traerán los muebles para el cuarto del bebé?

Ella se lamió los labios, que se le habían quedado repentinamente resecos. El entusiasmo por las reformas la había hecho olvidarse de aquellas otras compras.

—E-el lunes.

—Este fin de semana pintaremos la habitación de invitados antes de empezar con la cocina. Así la tendremos lista para cuando lleguen los muebles —apartó la sábana de un tirón y se levantó, exhibiendo su miembro erecto.

Nada más verlo, Renee sintió el impulso de palpar su enorme tamaño y dureza. Apartó rápidamente la mirada, pero no podía borrar los recuerdos de cómo lo había sentido en la mano, en la boca y en el interior de su cuerpo.

—¿Qué parte de lo que acabo de decir no entiendes?

—Te he entendido, pero la única opción posible es que te instales en esta habitación.

—La tercera planta…

—No está lista. Aún hay que lijar los suelos.

Su mirada la recorrió de arriba abajo, muy lentamente. La piel de Renee reaccionó con un fuerte escozor. Quería cubrirse, o mejor dicho, quería que él la cubriera. Era imposible pensar con claridad cuando los dos estaban desnudos, frente a frente.

—El contratista puede…

—Ya se lo he preguntado, y no tiene tiempo. Debe acabar tu cocina para la semana que viene y volver a los trabajos que ha dejado aparcados.

—No hay prisa por acabar el cuarto del bebé. Aún no sabemos si estoy embarazada —arguyó ella, tocándose el vientre.

—Tampoco hay por qué retrasarse. Cuanto antes tengamos lista la habitación del bebé, antes podremos ponernos manos a la obra con la tercera planta… los dos juntos, como hicimos con el resto de la casa.

—Tendré tiempo de sobra para acabar la tercera planta hasta que empiece a recibir encargos.

—Tus encargos comenzarán el próximo fin de semana.

Sus palabras la pusieron aún más nerviosa.

—No tengo los permisos necesarios…

—El primer encargo es poca cosa y no necesita ningún permiso. Puedes hacerlo en mi cocina o en la de Gretchen. Llámala hoy a ver qué necesita.

—¿Quién es Gretchen?

—Una amiga —respondió él por encima del hombro, camino del cuarto del baño.

El tono de su voz le puso a Renee los vellos de punta. Lo siguió al cuarto de baño y lo miró en el espejo.

—¿Una amiga íntima?

Flynn agarró el cepillo de dientes sin que su expresión delatara la menor emoción.

—Es una mujer con buenos contactos que puede ayudarte a despegar.

La respuesta evasiva de Flynn le confirmó a Renee lo que quería saber. Una sensación incómoda se apoderó de ella. No eran celos, sino... malestar al saber que, una vez que ella se marchara, habría otras mujeres en la vida de Flynn. Y, por tanto, en la vida de su hijo. No había pensado en ello cuando accedió al trato.

El espejo reflejaba sus cuerpos desnudos, lo que la hizo sentirse aún más expuesta.

–¿Sabe ella que seguimos casados?

–Eso es irrelevante.

–¿De verdad? –insistió ella. ¿Sería esa Gretchen su amante?

–No busques un problema donde no lo hay.

Renee sabía que no tenía derecho a protestar. Y no debería quedarse allí discutiendo, cuado tenía que darse prisa en arreglarse.

–Voy a ducharme.

Él la agarró de la mano antes de que pudiera salir.

–Puede ducharte aquí... Conmigo.

Renee ahogó un suspiro. Si se quedaba, la ducha sería después de hacer el amor, como prometía la erección de Flynn. Las duchas compartidas, con Flynn penetrándola por detrás mientras le acariciaba los pechos con sus manos enjabonadas, habían sido una de sus formas favoritas de comenzar el día. Pero ahora no.

–Flynn... no hagas de esto lo que no es.

–¿Y qué no es?

–Una reconciliación de verdad. No voy a compartir tu dormitorio ni tu cuarto de baño.

–Eso es lo que dices, pero esto... –le pellizcó

suavemente uno de los pezones, también erectos–
dice algo muy distinto.

Una flecha de fuego le atravesó el pecho. Se
dio la vuelta y se retiró al único santuario que tenía
en aquella casa, la habitación de invitados. Cerró
tras ella y se derrumbó contra la puerta.

Los celos la acosaban sin tregua.

Era una sensación ridícula. Flynn no era más
que un donante de esperma. Y ella así lo quería.

La otra mujer podía quedárselo para ella sola.

–Pero no hasta que yo no haya acabado –declaró en voz alta mientras se dirigía al cuarto de baño.

La idea de que Flynn abandonara la cama de
otra mujer para meterse en la suya le asqueaba,
pero no porque sintiera algo por él. Se dijo a sí
misma que su única preocupación era la salud. No
quería que Flynn le transmitiera algo contagioso a
ella o al bebé.

Renee no podía dormir. Tendida boca arriba,
miraba las sombras que bailaban en el techo y no
dejaba de pensar en el bebé, en su negocio y en
Flynn.

Sobre todo en Flynn y en cómo la hacía sentirse. ¿Cómo era posible que la afectara tanto después del tiempo que había pasado y de todo el su-
frimiento que había vivido a su lado?

Se dio la vuelta y aporreó la almohada. El reloj
marcó la medianoche y siguió avanzando. Así fue
como empezó el problema la última vez. Renee
empezó con una copa de vino para relajarse
mientras esperaba el regreso de Flynn. Después

tomó una segunda copa para que la ayudara a dormir…

No volvería a caer en la misma trampa. Si no podía dormir, buscaría algo que hacer. Pero ¿qué? ¿Experimentar con recetas? No. Flynn podría despertarse si se ponía a hacer ruido en la cocina. ¿Ejercicio? Tampoco. Eso sólo serviría para estimularla aún más. ¿Pintar el sótano? Tal vez… Aquella tarde había comprado todo lo que necesitaba.

Se levantó de la cama y se puso unos vaqueros viejos y una camiseta. No se molestó en ponerse el sujetador. Al fin y al cabo, nadie iba a verla. Se sujetó el pelo con una cinta elástica y abrió la puerta sin hacer ruido. Toda la casa estaba en silencio, salvo por los crujidos eventuales de la madera.

Bajó la escalera sigilosamente, sin encender las luces y con cuidado de evitar el escalón que crujía. Conocer la casa tenía sus ventajas.

Al llegar al sótano suspiró de alivio y se puso a abrir y remover la pintura mientras sopesaba sus opciones.

Aquella noche necesitaba un trabajo sencillo y monótono. Dejaría los bordes para el día siguiente, cuando estuviera más relajada. Vertió la pintura en la bandeja y mojó el rodillo para aplicarlo a la pared más cercana. El sonido de la pintura al impregnar la superficie seca la llenó de satisfacción, y el movimiento repetitivo del rodillo la ayudó a calmar los nervios y ponerse a divagar.

Para ella siempre había sido muy importante marcar su territorio. Había pasado su infancia y adolescencia de un lado para otro, pues su madre cambiaba continuamente de trabajo mientras se ganaba su merecida fama de chef virtuosa e insoportable. Cuando Renee cumplió trece años, Lorraine decidió que tener cerca una hija adolescente le hacía parecer vieja y la mandó a vivir con Emma. A Renee le gustó la idea de echar raíces en una casa, pero al mismo tiempo tenía miedo ante la perspectiva de volver a cambiar de colegio.

Lo que hizo su abuela fue invitar a los hijos de los vecinos para que ayudaran a pintar la habitación de Renee, y de esa manera ofrecerle nuevos amigos y un verdadero hogar. Por esa razón, pintar la casa victoriana de Flynn tenía un significado tan importante para ella. Al pintar su propio espacio sentía que pertenecía a aquel lugar y que nunca lo abandonaría.

Se equivocó.

El mal recuerdo devolvió la tensión a sus músculos. Dio un paso atrás y observó el cuadrado que había pintado de color vainilla.

—Bonito color —dijo Flynn detrás de ella.

Renee estuvo a punto de soltar el rodillo del susto. Se dio la vuelta y vio a Flynn en calzoncillos.

—¿Qué haces levantado?

Él se acercó al espacio iluminado que ocuparía la cocina de Renee.

—Yo podría preguntarte lo mismo.

Ella se encogió de hombros.

—No podía dormir y decidí pintar un poco.

—Buena idea —dijo él, acercándose al montón de utensilios.

—¿Qué haces?

—Buscar una brocha.

No, no, no.

–Flynn, es la una de la mañana. Vuelve a la cama.

–Lo haré si tú también lo haces.

Si Renee dejaba de pintar y volvía a su habitación, se pasaría el resto de la noche dando vueltas en la cama.

–¿Podrías, al menos, ponerte algo de ropa? –le sugirió. Era imposible concentrarse en la tarea con aquella exhibición de musculatura ante sus ojos.

–Esta noche no. Para otra ocasión buscaré ropa que no me importe manchar de pintura.

–Pero…

–He pintado incluso con menos ropa que ahora, Renee. Y tú también.

Los recuerdos la dejaron momentáneamente aturdida. Con mucha frecuencia ella y Flynn habían cubierto las ventanas con sábanas y habían pintado desnudos. Algunos de los momentos más felices y apasionados que vivieron como pareja fueron con sus cuerpos manchados de pintura.

–Yo haré los bordes –dijo él mientras llenaba un pequeño cubo con pintura de color crema.

Renee volvió a mojar el rodillo para reanudar la tarea. No podía impedir que Flynn la ayudara, pero tampoco tenía por qué observarlo. Intentó mantener la concentración y cubrió otro cuadrado de pared. Flynn colocó la escalera junto a ella y subió los peldaños, dejando sus muslos desnudos y sus firmes nalgas justo en la línea de visión de Renee.

Ella cerró los ojos y tomó aire. Iba a ser una noche muy larga.

Capítulo Nueve

Durante las dos horas siguientes, Flynn se concentró en el ritmo que Renee imprimía al rodillo mientras planeaba su próximo movimiento.

A medida que Renee se iba calmando, los ruidos que hacía al extender la pintura eran más débiles, y en los últimos diez minutos lo único que parecía mantenerla en pie era su deseo por acabar la labor.

Bajó la brocha y observó la postura encorvada de Renee.

–Vamos a dejarlo por esta noche.

Ella dio un respingo al oírlo y se giró.

–Hay que darle una segunda mano a las paredes.

Él dejó la brocha, atravesó la habitación y le quitó el rodillo de la mano.

–Vamos a comer algo, luego dormiremos un poco y después le daremos la segunda mano.

Ella frunció el ceño con preocupación.

–Pero…

–Renee, son las cuatro de la mañana y el cansancio empieza a afectarnos –al igual que él, Renee siempre había sido una perfeccionista que se olvidaba del tiempo cuando estaba enfrascada en alguna tarea.

Ella miró la pared que había estado pintando y

comprobó que, efectivamente, el cansancio empezaba a hacer mella en el resultado.

–Supongo que tienes razón.

Él le apartó un mechón de los ojos.

–Tenemos todo el fin de semana por delante. Tu cocina estará lista para cuando lleguen los armarios. Te lo prometo.

Y también el cuarto del bebé. Si lo lograba, a Renee no le quedaría más remedio que dormir con él. Tal vez tuviera que proceder con un poco más de tacto, pero acabaría consiguiéndolo.

–Una ducha caliente me sentaría bien –admitió ella, moviendo los hombros como si los tuviera agarrotados.

A él nada le hubiera gustado más que llenarle la bañera y darle un masaje en el agua, pero sabía que ella no estaba preparada para dar ese paso.

–Ve a ducharte. Yo me encargo de limpiarlo todo y de preparar el desayuno.

–¿Estás seguro? –le preguntó ella mientras examinaba los botes de pintura con los ojos medio cerrados.

–Lo estoy. Vamos, vete.

La vio subir la escalera, admirando su redondeado trasero y sus piernas suaves y pálidas. Renee nunca había lucido un bronceado. Ni siquiera tomaba el sol. Decía que pasaba de estar blanca a estar roja como un cangrejo, sin término medio. Pero a él no le importaba. Siempre le había gustado su piel de marfil, sobre todo cuando le pasaba la lengua por los pechos, los brazos y el vientre.

Reprimió el deseo que palpitaba en su entre-

pierna y lo recogió todo antes de subir a lavarse. A
continuación, sacó los ingredientes que necesitaba
de la nevera y la despensa y se puso a preparar el
que había sido el desayuno favorito de Renee, confiando en que lo siguiera siendo.

El destino tenía un curioso sentido del humor.
En el pasado, era él quien no podía abandonar un
proyecto hasta haberlo acabado, y era Renee
quien le preparaba la comida y lo animaba a descansar. Pero Flynn nunca podía dejar nada a medias. Su padre se había encargado de convertirlo
en un fanático de la perfección.

Veinte minutos después la casa olía a canela,
mantequilla y sirope de arce, y cuando Renee entró en el salón, el desayuno la estaba esperando en
la mesa. Se había puesto unos pantalones de chán-
dal y una camiseta, y también un sujetador, por
desgracia. Flynn había disfrutado en el sótano con
la imagen de sus pezones casi tanto como con las
miradas furtivas que ella le lanzaba. Saber que Renee aún sentía atracción por él jugaba a su favor, y
tenía intención de avivar el fuego que ardía entre
ellos hasta lograr la reacción deseada.

–¿Son tortitas de canela y manzana lo que hue-
lo? –preguntó ella.

–Te dejaste la receta en el cajón.

–Hace años que no las pruebo. Desde… –se
mordió el labio.

–¿Desde que las hacíamos juntos?

–Sí –sus miradas se encontraron y el recuerdo
se alargó entre ellos. La ayuda de Flynn en la cocina era más bien una distracción y un estorbo. Él le
pasaba los ingredientes que ella le pedía hasta que

sus manos se adentraban en territorio íntimo y se olvidaban de la comida.

Renee se puso colorada y apartó la vista.

–¿Y eso es café?

–Descafeinado. A los dos nos hace falta dormir.

Ella agarró la taza y tomó un sorbo con los ojos cerrados.

–Casi me quedo dormida en la ducha.

–No sería la primera vez –dijo él con una sonrisa. Nunca había conocido a una mujer que trabajase tanto como Renee, quien se quedaba dormida en cuanto dejaba de moverse. En más de una ocasión la había sorprendido dormitando en la ducha–. Come –la animó, tendiéndole el plato.

–Gracias –aceptó ella. Probó la tortita y puso una mueca de deleite–. Mmm... Tiene la cantidad exacta de canela.

Años atrás, cuando hacían tortitas, el azúcar y el sirope acababan embadurnando sus cuerpos desnudos para luego pasar la lengua hasta la última gota. La cocina había presenciado tanta actividad sexual como el dormitorio.

Al acabar de comer, Renee tenía tanto sueño que apenas podía mantenerse sentada. Él le quitó el plato para dejarlo en la mesa y la agarró de la mano cuando ella se dispuso a levantarse.

–Quédate aquí mientras llevo los platos a la cocina.

Ella abrió la boca como si quisiera protestar, pero asintió en silencio y se hundió en los cojines. Flynn llevó los platos a la cocina y se tomó su tiempo en meterlos en el lavavajillas. Al volver al salón vio que Renee se había quedado dormida, tal y como esperaba. Sonrió por el éxito de su estrategia y pensó en su próximo movimiento. Renee dormía tan profundamente que podría subirla en brazos por la escalera sin despertarla. Pero si se despertaba en la cama de Flynn se pondrían a la defensiva.

Se sentó junto a ella y la tumbó suavemente. Ella suspiró, colocó las manos bajo la mejilla y apoyó la cabeza en el regazo de Flynn. Igual que en los viejos tiempos. Lo único que tenía que hacer era convencerla para que se instalara en su habitación y la batalla estaría ganada.

Algo le abrasaba los párpados. Y tenía que cambiar de almohada, porque aquélla era demasiado dura y caliente. Además, el plumón le hacía cosquillas en la nariz.

¿Pelusa? Ella era alérgica al plumón. Tenía que apartar la cara antes de que se le hinchara como un globo.

Se obligó a abrir los ojos y recibió de lleno la luz del sol que entraba por las ventanas. Entonces descubrió que la almohada era el muslo de Flynn.

El corazón se le desbocó al recordar los acontecimientos de la noche anterior, que la habían llevado a quedarse dormida en el regazo de Flynn. El reloj antiguo del salón señalaba las doce del mediodía. No era la primera vez que ella y Flynn se echaban una siesta en aquel sofá los dos juntos, pero eso era cuando estaban enamorados. Ahora tenía que andarse con mucho más cuidado. Sabía lo peligroso que podía ser abandonarse a una falsa sensación de seguridad con Flynn. Por eso no quería bajar la guardia del todo ni dormir en su cama.

Se incorporó con cuidado de no despertarlo y se levantó. Flynn tenía un aspecto tranquilo y relajado, con el pecho desnudo oscilando al sosegado ritmo de su respiración y sus rasgos desprovistos de todo estrés. Un mechón de pelo le caía sobre la frente, y Renee casi cedió al impulso de entrelazar los dedos en sus cabellos.

Se apartó de la tentación y vio un trozo de papel en la mesita lateral, junto a la lámpara. Aún estaba medio dormida, pero reconoció el boceto en el dorso de un sobre. Lo agarró y ahogó un gemido de asombro. Flynn había dibujado un cuarto para niños con una cuna provista de juguete móvil, una cómoda y un parque. Renee le había enseñado la foto de los muebles que hizo con el teléfono móvil, y él los había dibujado hasta el último detalle.

No había duda de que la habitación que había elegido para plasmar los objetos era el dormitorio de Renee; las puertas del balcón lo delataban.

Flynn siempre había sido un artista con mucho talento, pero limitaba su potencial a los diseños arquitectónicos. Casi todo su trabajo lo había hecho por ordenador, aunque de vez en cuando le gustaba agarrar un lápiz y esbozar una idea.

Renee siguió con el dedo el contorno de un caballito de madera y sintió que se le formaba un nudo de emoción en la garganta. Viendo aquel dibujo casi podía creer que Flynn deseaba tener un hijo tanto como ella. Un hijo que posiblemente tuviera su pelo negro y sus ojos azules. Un precioso niño o niña que sería la familia que una vez pensaron tener.

Al pensar en ello sentía un doloroso vacío en el pecho. Quería tener un hijo de Flynn, ahora más que nunca. Pero entonces el vacío se le llenó de indignación. A Flynn le encanta dibujar y crear, pero la lealtad hacia su familia le había arrebatado esa pasión. ¿Por qué insistía en rechazar ese don natural? Su madre era demasiado egoísta para valorar sus sacrificios, y en cuanto a su padre…

–¿Qué te parece? –le preguntó él con voz adormilada, deliciosamente sensual.

Renee contempló su rostro soñoliento con la barba incipiente. Sería muy fácil volver a amarlo. Pero no podía. No podía…

–Es precioso.

–Podemos hacerlo, Renee… Podemos tener nuestra casa y nuestra familia, como una vez planeamos.

La tentación de tener lo que él le ofrecía era tan fuerte que apenas podía guardar la distancia física y emocional.

–¿Por qué lo hiciste, Flynn?

Él se incorporó lentamente.

–¿Por qué hice qué?

–Renunciar a tu sueño.

Él se levantó del sofá y la miró con el ceño fruncido.

–Ya hemos hablado de esto.

–Me duele ver cómo malgastas tu talento en un trabajo administrativo. Entendí que tuvieras que hacerlo durante la crisis, porque tu familia te necesitaba. Pero ¿y ahora? La crisis ha terminado.

¿Por qué no puede Brock contratar a otro vicepresidente y dejar que tú vuelvas al trabajo de tus sueños?

–No es tan fácil.

–Podría serlo.

–No acabé mis prácticas.

–En menos de un año obtendrías todos los certificados.

–Ya no soy un estudiante universitario –murmuró él, y se dirigió hacia la escalera con los hombros muy rígidos.

–Negando tu pasión por la arquitectura no recuperarás a tu padre, Flynn –le gritó ella.

Él se detuvo en seco, como si acabara de recibir una bofetada, se giró bruscamente y marchó amenazadoramente hacia ella.

–¿Y a ti qué te importa?

Era una buena pregunta. ¿Por qué tenía que importarle su felicidad cuando su intención era alejarse de él lo más posible en cuanto tuviera lo que quería?

Entonces supo la respuesta con una certeza demoledora. Se dio cuenta de que le importaba porque seguía enamorada de su marido.

Rápidamente se estrujó los sesos para buscar una respuesta válida pero menos comprometedora.

–No quiero que mi hijo sea criado por un padre amargado y resentido.

–Yo no soy tu madre.

Renee puso una mueca de dolor por el comentario.

–No, no lo eres.

«Y yo tampoco me permitiré serlo».

Pero, como había dicho Flynn, no era tan sencillo como desearlo y punto. Evitar los errores de su madre le exigiría una vigilancia constante.

–Voy a acabar de pintar –dijo, y se marchó rápidamente para no darle tiempo a adivinar sus secretos.

El domingo por la mañana, contemplando la ostentosa casa de Gretchen Mahoney en Knob Hill, Renee pensó que no tenía el menor deseo de vivir en un lugar como aquél.

Era el tipo de casa que Carol Maddox deseaba para su hijo, pero Flynn había optado por una residencia más humilde y una mujer menos refinada.

Llamó al timbre y se preparó para conocer a la «amiga» de Flynn que había insistido en tener una entrevista el domingo por la mañana. A pesar de haberlo atosigado con sus preguntas, Flynn se había negado a revelar más detalles sobre su relación con aquella mujer. Tal vez fuera una conocida de su madre que vivía en el mismo barrio de clase alta, o una clienta a la que Flynn conocía del trabajo. O quizá se trataba de la esposa de un viejo amigo.

La puerta se abrió y apareció una hermosa mujer de treinta y pocos años, delgada y morena, con zapatos de tacón y el tipo de traje que llenaba las portadas de la revista *Vogue*. Miró a Renee de arriba abajo con un brillo de curiosidad en sus ojos verdes, enmarcados por una melena lacia y brillante.

–Tú debes de ser la mujer de Flynn. Yo soy Gretchen. Pasa.

Renee agarró con fuerza su cartera de piel e intentó no parecer nerviosa.

–Sí, soy Renee Maddox.

–Según me ha contado Flynn, eres justamente lo que necesito para mi pequeña fiesta –condujo a Renee a través de un inmenso vestíbulo con el suelo de mármol blanco y negro, una imponente escalera y un arreglo floral de enormes dimensiones, hacia un salón lleno de muebles antiguos y jarrones de aspecto carísimo.

–Siéntate, por favor –su anfitriona le indicó un sillón francés con la mano derecha, en la que no se veía ningún anillo. Aquello descartaba que fuera la mujer de algún conocido.

¿Sería la amante de Flynn? Renee se sentó e intentó concentrarse en el trabajo que tenía por delante, pero no saber quién era o qué era Gretchen la incomodaba bastante.

–Flynn no me dijo para qué clase de evento necesitaba el servicio de catering –dijo mientras abría su bloc–. ¿Qué tiene pensado?

–Directa a los negocios, ¿eh? ¿Nada de charla?

Renee se quedó muy sorprendida. Normalmente, la gente con tanto dinero no quería mezclarse con las clases inferiores.

–Lo siento. Creía que era un encargo urgente y que usted estaría impaciente por cubrir los detalles.

–Desde luego. Mi proveedora habitual sufrió un infarto la semana pasada y no puede trabajar.

–Lo siento. Si le parece, empecemos por definir el evento que quiere celebrar y la comida que quiere ofrecer, y así podremos preparar el presupuesto.

Gretchen arqueó una de sus cejas perfectamente depiladas.

–¿No sientes la menor curiosidad hacia mí? Te confieso que yo sí siento bastante hacia ti.

Renee no sabía si admirar a aquella mujer por su franqueza u odiarla por ser tan hermosa, rica y sofisticada… todo lo que ella jamás sería.

–Como clienta, tiene derecho a hacerse preguntas sobre mí.

–En realidad, sólo tengo una pregunta: ¿sabes el daño que le causaste a Flynn al abandonarlo?

Renee se puso en guardia inmediatamente.

–Me refería a preguntas sobre mi currículum.

Gretchen se recostó en su asiento y cruzó sus larguísimas piernas. Irradiaba un aire cálido y protector en vez de maldad.

–¿Alguna vez te paraste a pensar en los rumores que tendría que soportar después de que te fueras? ¿En las explicaciones que tendría que dar?

A Renee le sorprendió el descaro de la mujer. Pero Gretchen tenía razón. Después de que ella se marchara a Los Ángeles intentó no pensar en Flynn ni en el escándalo que dejaba atrás. Se volcó por entero en su nuevo trabajo y en los cuidados de su abuela, y así poder acabar el día tan cansada que no le hiciera falta el alcohol para dormir. Se había convencido de que Flynn estaría mejor sin ella que con una esposa que acabaría convirtiéndose en un lastre, y seguía pensando lo mismo.

–Flynn no es el tipo de hombre que ponga excusas por nada –dijo, e intentó volver al tema principal de aquella entrevista–. ¿Qué tipo de comida quiere ofrecer en su fiesta?

–En la publicidad, la reputación lo es todo. Y tú dañaste gravemente la reputación de Flynn –insistió Gretchen, ignorando la pregunta de Renee.

–Señorita Mahoney, ¿podríamos centrarnos en el trabajo? A menos que su fiesta sólo sea un truco para hacerme venir e interrogarme, mi vida personal no tiene nada que ver con los servicios que ofrezco.

–Si de verdad piensas eso, estás muy equivocada. En este mercado tan competitivo no se trata tan sólo de lo que haces, sino a quién conoces y a quién has complacido o contrariado. Pero si insistes, lo haremos a tu manera… Por ahora –deslizó una invitación estampada en relieve sobre la mesa–. Como verás, voy a celebrar una subasta benéfica con intención de recaudar fondos para el refugio de mujeres maltratadas. Ese refugio es un lugar muy importante y querido para mí.

–Es una causa muy noble.

–Mi segundo marido me rescató de allí.

Renee se quedó tan sorprendida que no supo qué decir. Gretchen no parecía la típica víctima de abusos o maltratos.

–Cuando reuní el valor para dejar de ocultar mis heridas y admitir que tenía un problema, escapé de mi primer marido con la ayuda de unos amigos en los que podía confiar. Flynn era uno de ellos. Es un hombre maravilloso. Muy comprensivo y siempre dispuesto a ayudar. Me habría casado con él sin dudarlo después de morir mi segundo marido. Pero Flynn nunca habría sido mío del todo, porque una parte de él te sigue perteneciendo a ti.

A Renee se le paró corazón y la mano se le quedó congelada con el bolígrafo sobre el papel.

–Se equivoca.

–Hay muy pocas cosas en la vida que no compartiría, pero mi hombre es una de ellas.

–¿Está insinuando que me aleje de él?

–No, te estoy aconsejando que no vuelvas a hacerle daño. Flynn se merece algo mejor.

–¿Se refiere a usted?

–Me refiero a una mujer que sea lo bastante fuerte como para hacer honor al compromiso y no salir huyendo cuando las cosas se ponen difíciles.

La furia y la vergüenza se mezclaron en el interior de Renee. Al huir sin darle explicaciones a nadie había dejado la puerta abierta para que todos pensaran mal de ella, pero siempre sería mejor que quedarse, convertirse en alcohólica y confirmar los rumores. En retrospectiva, se daba cuenta de que lo que para ella había sido un acto desinteresado para los demás había sido una muestra imperdonable de egoísmo. Pero hacerle una confesión semejante a su anfitriona sería exponerse a un ataque aún mayor.

–Me está juzgando por algo de lo que no sabe nada.

–No te estoy juzgando, Renee. Sólo te hago saber que te estaré vigilando, al igual que todos los amigos de Flynn. Y si vuelves a hacerle daño, te será muy difícil que tu negocio prospere en San Francisco.

Tras pronunciar su amenaza, Gretchen descruzó las piernas y se inclinó hacia delante. La hostilidad que ardía en sus ojos dejó paso al entusiasmo.

–Y ahora, hablemos de mi pequeña fiesta para el viernes… Ya me han confirmado su presencia sesenta de los ciudadanos más ricos de San Francisco. ¿Qué me sugieres para que se sientan contentos y generosos?

Renee aún estaba aturdida por las advertencias de su anfitriona. Quería decirle que se metiera la fiesta por su elegante trasero, pero no podía. Tenía que velar por el futuro de su negocio y no podía permitir que una discusión echara sus aspiraciones por tierra.

Pero la confrontación con Gretchen le había dejado una cosa muy clara. Tenía dos opciones: una, renunciar al bebé y a la expansión de su negocio y volver a Los Ángeles antes de que el amor que sentía por Flynn la destruyera; dos, combatir a sus demonios, seguir adelante e intentar recuperar a su marido y la ilusión que una vez compartieron.

Desde su punto de pista, las dos opciones podían acabar en desastre. Pero sólo una podía acabar bien.

Observó a la hermosa mujer que estaba sentada ante ella. Si Gretchen había recuperado su vida y se había negado a ser una víctima, ¿podría Renee ser menos que ella?

De ningún modo. Había mantenido el alcoholismo bajo control desde aquella noche crucial, y seguiría haciéndolo costase lo que costase. Flynn nunca tendría por qué saberlo.

Capítulo Diez

Cargada con tres bolsas de la compra para preparar la cena favorita de Flynn, y con un contrato firmado y un anticipo por su primer encargo en la cartera, Renee subió los escalones de la entrada con un renovado entusiasmo por recomenzar su relación con Flynn. Tan grande era su excitación que ni siquiera las dos horas que había pasado planeando la fiesta con Gretchen habían bastado para inquietarla. Al final se había visto obligada a admitir que no podía culpar a Flynn en caso de que hubiera tenido una relación íntima con aquella mujer, pues al fin y al cabo, su esposa lo había abandonado.

Gretchen era muy inteligente y al parecer ejercía una gran influencia en su círculo social. Era el tipo de mujer con la que Carol Maddox hubiera querido casar a su hijo, no sólo porque el marido de Gretchen le había dejado una enorme fortuna al morir, sino porque ambos pertenecían a la misma clase privilegiada. Con mujeres así esperando su oportunidad, Renee sabía que tenía que actuar deprisa.

A pesar de la feroz competencia, estaba deseando que llegara el viernes para emplearse a fondo en la fiesta de Gretchen y demostrarle a los esnobs de San Francisco que California Girl's Catering ofrecía lo mejor.

Al entrar en casa, se encontró con un reguero de pétalos de rosa que conducían a la escalera.

El corazón le dio un brinco. El Flynn del que ella se había enamorado volvía a dejarse ver. Lo había echado terriblemente de menos, sus juegos, sus conversaciones, sus ilusiones compartidas… De repente, supo con toda certeza que aquélla era la razón por la que no había encontrado al hombre adecuado después de romper con Flynn. No había conocido a ninguno que la comprendiera como él. Flynn entendía su necesidad de ser creativa con la comida porque él compartía la misma necesidad, salvo que su medio de expresión era el dibujo. Ambos eran felices trasladando una idea abstracta al plano real.

¿Podrían significar aquellos pétalos que Flynn aún sentía algo por ella? Le había dejado muy claro que quería que se quedara con él, pero no le había dicho que la amara.

Impaciente por descubrir la respuesta, soltó las bolsas y la cartera y siguió el rastro de pétalos. El cuerpo le vibraba de emoción. ¿Qué se encontraría al final de la escalera? Las imágenes del pasado se agolpaban en su cabeza. Una bañera antigua llena de espuma y de pétalos, y Flynn esperándola para ser su masajista particular. Un vestido negro de noche con lencería erótica a juego y zapatos de baile, y Flynn anudándose la pajarita del esmoquin mientras salía del cuarto de baño. O quizá encontrara a Flynn esperándola en la cama, desnudo y excitado…

Los pétalos se apartaban del dormitorio principal y conducían a la puerta cerrada de la habitación de invitados. ¿Estaría esperándola en su cama?

–¿Flynn?

–Aquí –respondió él desde dentro.

Renee abrió la puerta. El rastro de pétalos acababa en Flynn, sentado junto a las puertas del balcón en el único mueble que permanecía en la habitación. Todo lo demás había desaparecido, incluso las alfombras. Flynn se levantó y se hizo a un lado para mostrarle la mecedora de madera.

–Necesitarás esto cuando nazca el bebé –puso una mano en el respaldo y acarició el listón de madera lijada–. La ha hecho el hombre que hizo los muebles para el cuarto de los niños.

–¿Dónde está todo lo demás? –quiso saber ella, haciendo un gesto a la habitación vacía.

–He llevado tu ropa a nuestra habitación, y los muebles están arriba.

Era un paso muy importante, pero Renee estaba lista para todo.

–¿Tú solo?

–Brock me ayudó.

Al ver las rosas había esperado una seducción romántica y una sesión de sexo salvaje. Pero Flynn le estaba ofreciendo algo mejor… Una imagen del futuro que tenían a su alcance.

–Pruébala –la animó él.

Ella obedeció y se sentó en la butaca. La madera aún conservaba el calor de Flynn. Acarició los relucientes reposabrazos y se imaginó meciendo a su hijo o a su hija.

–Es preciosa, Flynn –dijo, con un nudo en la garganta–. Gracias.

Él la besó en la cabeza y se arrodilló ante ella.

–Feliz Día de San Valentín.

Renee ahogó un gemido.

–Se me había olvidado la fecha... Lo siento. Yo no te he comprado nada.

–Estás donde tienes que estar. Es todo lo que quiero.

La levantó de la silla y la estrechó entre sus brazos al tiempo que la besaba, muy suavemente al principio, pero la pasión se fue intensificando hasta que la sangre le hirvió en las venas.

Sí, allí era donde debía estar. Y en esa ocasión conseguiría que su matrimonio funcionara. Un lazo podía ser tan fuerte como débil, y ella no iba a ser débil. Sería todo lo fuerte que hiciera falta. Por ella, por Flynn y por su hijo.

Flynn sintió la capitulación de Renee por todo el cuerpo. Sus labios y cuerpos se fundían en uno y ella le clavaba las uñas en la espalda para acercarlo aún más. La adrenalina le recorría las venas en una descarga triunfal. Había ganado.

Quería celebrar su éxito haciendo el amor, pero sin pensar para nada en el bebé. Levantó a Renee en brazos y la llevó por el pasillo hasta su habitación. Sin dejar de besarla, la tumbó en la cama y él la siguió.

Ella le tiró de la camisa como si estuviera impaciente por sentir su piel desnuda, igual que siempre. Sin embargo, aquella vez había algo distinto. La pasión que demostraba Renee en sus movimientos iba más allá del deseo. Deslizó las manos bajo la camisa y le buscó directamente sus zonas más erógenas, recorriéndole los brazos, las costillas, el trasero y el hueso de la cadera. Él dejó escapar un gemido cuando los dedos se hundieron en su cintura, y el deseo fue más fuerte que la curiosidad.

Se quitó la camisa e hizo lo mismo con el jersey de Renee. Los pezones se adivinaban claramente a través del sujetador blanco. Flynn se apoyó en un codo y capturó uno de ellos con la boca. El olor de Renee le llenó los pulmones y el encaje le abrasó la lengua. Tiró suavemente del pezón con los dientes y empezó a sorber, y ella lo recompensó con un gemido delicioso.

Renee lo agarró de la nuca con una mano y con la otra le desabrochó los pantalones, para después introducir la mano por la bragueta abierta y asirle la erección. Su tacto aumentó aún más la excitación de Flynn, al igual que su impaciencia por hundirse en el cálido manantial que lo aguardaba.

Se apartó de las hábiles manos de Renee y se arrodilló en la cama para bajarle rápidamente la falda por las piernas. Se detuvo un momento para admirar sus bragas blancas, antes de quitárselas junto con el sujetador y dejarla completamente desnuda, salvo por los zapatos negros de tacón.

Como una gata en celo, Renee también se puso de rodillas y trató de alcanzarlo, pero él se levantó de la cama y terminó de desnudarse bajo la mirada lasciva de sus ojos violetas.

–Hazme el amor, Flynn –le pidió ella con voz ahogada.

Flynn ansiaba su sabor con un apetito voraz. Se inclinó hacia ella y se deleitó con su boca, su cuello, sus pechos y su vientre, antes de llegar finalmente a su fuente de jugoso néctar. Nadie sabía como Renee, y ninguna otra mujer había podido nunca saciar su deseo.

Lamió, sorbió y mordió hasta que los espasmos de Renee la sacudieron de la cama. Flynn no quería ser egoísta; quería llevarla al orgasmo una vez tras otra, pero no podía seguir aguantando. Tenía que penetrarla o explotaría sin remedio. La agarró por el trasero y la levantó, y ella le rodeó el miembro con los dedos para guiarlo. La penetración fue rápida y sencilla. El sexo de Renee lo recibió cálido y empapado y Flynn tuvo que tensar todo el cuerpo para mantener el control. Los músculos internos de Renee lo exprimían y sus dedos se le clavaban en las nalgas, urgiéndolo a darse prisa. La resistencia era inútil. Empujó más y más fuerte mientras las manos de Renee le recorrían el cuerpo y con las uñas le rozaba los pezones. Una descarga de placer se desató en su interior. Intentó concentrarse en los gemidos y sacudidas de Renee, en el frenético balanceo de sus pechos, en aumentar el ritmo que la llevaría al orgasmo…

Pero no podía seguir conteniéndose por más tiempo y, con una última embestida, se abandonó a la oleada de éxtasis que bramaba en su interior. Un resto de conciencia advirtió los gritos de Renee al compartir el clímax, seguido de una abrumadora sensación de paz y pertenencia al lugar que le correspondía.

Se dejó caer junto a Renee y lo invadió una inquietud pasajera. No sabía la razón por la que Renee lo había abandonado años atrás, por lo que no podría prevenir que volviera a pasar.

Se quedó boca arriba, mirando al techo, y Renee le colocó la pierna sobre los muslos y el brazo sobre el torso. Siempre le había gustado acurrucarse. Él la abrazó y disfrutó de la unión de sus cuerpos empapados de sudor. Debería haber superado aquella atracción irracional hacia ella, y en verdad lo había intentado, pero Renee era la única persona que entendía su necesidad de liberar su creatividad artística, y lo había animado fervientemente a que persiguiera su sueño de convertirse en arquitecto cuando su propia familia maldecía esa elección.

Ella subió los dedos por su abdomen y le trazó una figura en el pectoral izquierdo. Era un corazón. Otro recuerdo del pasado… Después de hacer el amor solían escribirse mensajes en la piel.

—Te quiero, Flynn. Siempre te he querido.

A Flynn se le aceleró el corazón. Giró la cabeza y vio la sinceridad de sus palabras reflejada en sus ojos. Quería creerla, pero las dudas lo asaltaban.

—Entonces, ¿por qué te fuiste?

La tensión invadió a Renee y cerró los ojos para ocultar sus pensamientos.

—No quería irme, pero tuve que hacerlo. Por favor, Flynn… créeme si te digo que me pareció la mejor solución para todos.

Él no podía creerla sin hechos. Esa vez no.

—¿Qué ocurrió, Renee?

Ella se apartó y se envolvió con la manta mientras se levantaba de la cama.

—Tenía… tenía que irme, ¿de acuerdo? Eso es todo lo que puedo decirte.

—¿Había alguien más? —se atrevió a formular la

pregunta que llevaba acechando en su subconsciente.

–¡No! –exclamó ella. Parecía horrorizada sólo de pensarlo–. Claro que no. Nunca hubo nadie más. Sólo te he amado a ti, Flynn.

Él se levantó y la encaró al otro lado de la cama.

–Necesito una explicación más convincente.

Ella se mordió el labio.

–Tendrás que conformarte con mi palabra. Te quiero, y querré a nuestro hijo… si llegamos a tenerlo.

–¿Y si no lo tenemos?

–Dijiste que lo seguiríamos intentando. Quiero estar contigo, Flynn. Quiero tener todo lo que deseábamos. Una familia, una casa, un perro… Todo. Pero tienes que confiar en mí.

Confiar en ella… No sabía cuánto le estaba pidiendo. Él ya había confiado en ella anteriormente y a cambio había recibido el desprecio. ¿Se atrevería a correr el mismo riesgo dos veces?

El viernes por la noche, Renee tatareaba una alegre melodía mientras guardaba sus utensilios en la cocina de Gretchen.

La semana estaba resultando perfecta. El cuarto de los niños había quedado precioso con los muebles nuevos y las paredes pintadas de verde claro. La nueva cocina de California Girl's Catering estaba acabada y en funcionamiento. Y la vida con Flynn…

Quería gritar de felicidad. La relación estaba siendo como había sido antes de que muriera el

157

padre de Flynn. Él no le había dicho que la amaba, pero sus miradas y gestos irradiaban tanta ternura que por fuerza tenía que significar algo.

Al levantar la caja de utensilios notó que tenía los pechos más sensibles al apretarlos. El pulso se le aceleró por los nervios. ¿Estaría embarazada? ¿O sólo serían los síntomas comunes de la regla? ¿Sería demasiado pronto para hacerse un test de embarazo?

Dejó la caja junto a la puerta de servicio y miró su reloj, impaciente por volver a casa y contarle a Flynn la buena acogida que había tenido California Girl's Catering en el mercado de San Francisco. La subasta de Gretchen estaba a punto de acabar. Si se daba prisa recogiéndolo todo, podría estar en casa alrededor de la una. Confió en que Flynn no se hubiera acostado aún.

La puerta de la cocina se abrió y entró una de las tres trabajadoras temporales que había contratado Renee. Su camisa blanca seguía tan impecable como tres horas antes, pero la chica parecía tener los nervios de punta.

—Han derramado vino tinto en la alfombra del salón, junto al piano.

—Yo lo limpiaré –dijo Renee, agarrando una botella de agua con gas y un trapo. Se había pasado toda la noche en la cocina, preparando comida y recargando bandejas, y le apetecía darse una vuelta por el salón, donde apenas quedaban ya una docena de invitados.

Un gran jarrón de flores sobre el piano de cola ocultaba parcialmente la vista de Renee. Localizó la mancha de vino en el suelo y se arrodilló para limpiarla. Un gran jarrón de flores sobre el piano de cola la ocultaba a la vista de los demás.

–Dime cómo has conseguido encontrar un proveedor de este nivel en el último minuto –dijo una voz familiar.

Renee se detuvo y puso una mueca de desagrado. La madre de Flynn estaba allí.

–Carol, ya sabes que nunca revelo mis secretos –respondió Gretchen.

Las dos mujeres estaban al otro lado del piano, junto a las puertas abiertas. Lo único que Renee podía ver de ellas eran sus zapatos de mil dólares y el bajo de sus vestidos de noche, lo que significaba que ellas tampoco podían verla.

–Tengo que contratarlo para mi próxima fiesta –continuó Carol–. La comida y la presentación han sido absolutamente espléndidas.

A Renee se le llenó el pecho de orgullo. El menú que había elegido con Gretchen había sido todo un éxito.

–Le transmitiré tus cumplidos –dijo Gretchen.

–Sabes que acabaré averiguando quién es –el tono de Carol sonó más amenazador que jocoso.

–Si mi proveedora quiere conocerte, no tengo ningún problema en darle tu número para que se ponga en contacto contigo.

Renee pensó si mostrarse o seguir oculta. No quería poner a Gretchen en una situación incómoda, pero su negocio nunca despegaría del todo si no se daba a conocer.

Los carísimos zapatos de tacón se dirigieron hacia ella, obligándola a decidirse rápidamente. De ninguna manera se enfrentaría a su suegra de rodillas, así que se levantó.

–Buenas noches, Carol.

Su suegra se detuvo en seco y abrió los ojos todo lo que se lo permitía la parálisis química de sus facciones.

–Tú eres la persona a la que se ha contratado para el servicio, por lo que veo –dijo con todo el desdén posible, fijándose en su uniforme blanco.

Renee se tragó el comentario que quería hacerle para no rebajarse a su altura.

–Sí, yo soy la proveedora a la que tanto querías conocer. La comida de esta noche ha sido cosa mía, así que… te agradezco tus cumplidos.

Se metió la mano en el bolsillo y sacó una tarjeta de visita para ofrecérsela a su suegra.

Carol hizo un gesto engreído con la barbilla, se giró sobre sus talones y se alejó sin aceptar la tarjeta.

–¿Por qué será que su grosería no me sorprende? –preguntó Renee.

–Es una bruja –le corroboró Gretchen–. Pero tiene mucha influencia en la ciudad, por lo que no es buena idea enemistarse con ella.

–Carol me tiene en su lista negra desde que Flynn me llevó a conocerla, hace ocho años y medio.

Gretchen emitió un murmullo comprensivo.

–La única razón por la que yo no estoy en esa lista es porque mi familia tiene mucho más dinero que ella, y puesto que ahora soy yo la que controla ese dinero… –miró por encima del hombro–. Te diré algo que aprendí de los maltratos: nadie puede hacernos sentir inferiores sin nuestro consentimiento.

–Eleanor Roosevelt –dijo Renee al identificar la cita.

–Sí. He aprendido a mantener la cabeza alta, especialmente cuanto la gente como Carol Maddox está merodeando a mi alrededor. Es como un tiburón que se lanzará a devorarte en cuanto huela un rastro de sangre en el agua, y sin preocuparse lo más mínimo por los daños colaterales.

Renee sintió un escalofrío, aunque Gretchen no le estaba contando nada nuevo.

Pero al fin tenía a su alcance el futuro con el que tanto había soñado, y no iba a permitir que nada ni nadie se interpusiera en la felicidad que la aguardaba junto a Flynn. Ni siquiera Carol Maddox.

Renee metió los restos de la comida de la fiesta en la nevera y cerró la puerta.

Era más de la una de la madrugada y estaba agotada, pero también estaba demasiado nerviosa para irse a dormir. Quería compartir su entusiasmo con Flynn y darle las gracias por haber hecho posible aquella noche, pues había sido él quien había llamado a Gretchen y a la agencia de empleo. Por desgracia, al llegar a casa había visto que las luces del piso de arriba estaban apagadas, lo que significaba que Flynn ya debía de estar durmiendo.

Entró en el lavadero y se quitó el uniforme para meterlo en la lavadora. Giró los hombros y el cuello, que los tenía agarrotados, y volvió a la cocina. Allí se encontró con Flynn, en calzoncillos, apoyado en la encimera.

La boca se le hizo agua al ver su cuerpo desnudo y musculoso.

—¿Te he despertado?

La mirada de Flynn la recorrió de arriba abajo.

—Aunque hubiera estado durmiendo, por esta imagen merecía la pena despertar y bajar la escalera… Te estaba esperando. Quería que me contaras cómo ha ido la fiesta.

—Todo ha ido muy bien —respondió ella con una sonrisa—. He dejado las sobras en la nevera, por si tienes hambre.

—Tal vez más tarde… Ahora tengo otros planes para ti.

El brillo de sus ojos bastaba para excitarla.

—¿Te importaría ser más preciso?

—Sube a verlo por ti misma —la invitó él, tendiéndole la mano.

Ella la aceptó y Flynn la condujo hacia la escalera. Cuando alcanzaron el rellano Renee oyó el ruido de un grifo, y al entrar en el dormitorio la recibió el olor de sus sales de baño favoritas. En el cuarto de baño vio la bañera de porcelana con patas, llenándose de agua caliente.

Flynn le puso las manos en los hombros y tiró suavemente de ella hacia atrás, hasta apretarla contra su cuerpo.

—Tal y como me imaginaba… Tienes los músculos muy tensos, igual que te ocurría siempre que volvíamos tarde a casa. ¿Te acuerdas de lo que hacíamos después de una fiesta?

Los deliciosos recuerdos de los baños compartidos, combinados con el suave roce de los dientes de Flynn en el hombro, la hicieron estremecer.

–Sí… ¿Vas a acompañarme?

Sintió como él sonreía contra su cuello.

–Esta vez no. Quiero que te enjabones a gusto mientras me cuentas lo de la fiesta. Yo disfrutaré observándote y haciendo de masajista.

Renee comprobó la temperatura del agua y se metió en la bañera. Por su parte, Flynn se enjabonó las manos, se sentó en un taburete que había colocado detrás de la bañera y empezó a masajearle los hombros y el cuello a Renee hasta hacerla suspirar de placer.

–Qué delicia…

–Relájate –le susurró él, dándole un beso en la oreja–. Espero que esta noche sólo sea el comienzo de una nueva y próspera aventura, pero tampoco hay ningún problema si tu negocio tarda en despegar. No hay nada que no podamos solucionar siempre que seas sincera conmigo.

Renee sabía que Flynn seguía preguntándose por qué lo había abandonado hacía siete años. Ella quería y necesitaba confesarlo, pero no se atrevía a hacerlo. Al igual que ella, Flynn detestaba la debilidad en todas sus formas. Era un hombre honesto y permanecería a su lado pasara lo que pasara, pero le perdería todo el respeto si descubriera la humillante verdad. Y ella no podría soportar que dejara de amarla por segunda vez.

Capítulo Once

El lunes por la tarde, Flynn volvió a sorprenderse a sí mismo dibujando un boceto en su carpeta. En esa ocasión se trataba de la casa victoriana, a la que había añadido una torre que albergaría el cuarto de juegos para sus hijos.

Hijos… Ni siquiera sabía si Renee estaba embarazada y ya estaba pensando en tener más. Renee tenía la culpa. Su nueva personalidad, más segura y ambiciosa, era muchísimo más atractiva que la joven cohibida y complaciente que había sido.

Se pasó una mano por la mandíbula e intentó concentrarse en los números que tenía delante, pero ni siquiera la encarnizada rivalidad entre Maddox Communications y Golden Gate Promotions podía mantener su atención.

La puerta se abrió de golpe y su hermano irrumpió en el despacho.

–¿Has visto esto? –le preguntó Brock, mostrándole un periódico abierto por la página de sociedad.

–Nunca leo esa basura. Me sorprende que tú sí.

–Shelby me lo ha enseñado, y puede que tú también reconsideres leerlo, puesto que habla de tu mujer y de Maddox Communications.

Flynn se puso inmediatamente en alerta.

–A juzgar por tu tono, no creo que sea un artículo ensalzando el catering de Renee en la fiesta del viernes.

–No exactamente.

Flynn agarró el periódico y hojeó rápidamente la página, buscando la noticia que tanto había alterado a su hermano.

¿Qué hace una mujer de treinta y tantos cuando no encuentra al hombre apto para dejarla embarazada? Renee Landers Maddox, ex esposa de Flynn Maddox, vicepresidente de Maddox Communications, decidió recurrir a la inseminación artificial. Al parecer, tras separarse de su marido pidió las muestras de esperma que éste había donado años atrás, pero esas muestras fueron destruidas y ahora la pareja alega estar en plena reconciliación amorosa. Mientras tanto, ella ha abierto una sucursal de su empresa de catering en el sótano de la casa de su marido, en Pacific Heights.

¿Nos encontramos ante una reconciliación sincera o no es más que otro montaje publicitario de Maddox Communications? De ser esto último, ¿se podría confiar en un profesional de la publicidad que miente sobre su propio matrimonio? En cualquier caso, no parece aconsejable encargarle un pedido a California Girl's Catering para dentro de nueve meses, pues la parejita feliz ya ha adquirido los muebles para el cuarto de los niños…

Flynn quería hacer trizas el periódico, pero eso no resolvería nada.

–Este tipo de rumores no le hacen ningún favor a Renee, ahora que intenta asentar su negocio en San Francisco.

–¿Es cierto? –le preguntó su hermano–. ¿Intentó hacerse con tu muestra de semen?

–No es asunto tuyo, Brock.

–Lo es si afecta a Maddox Communications. Y ese artículo está difamando gravemente a nuestra empresa.

–¿Quién demonios nos lanzaría un ataque como éste?

–Sólo hay una persona que saldría beneficiada por la mala imagen de Maddox Communications, y a esa persona le gusta jugar sucio.

No hacía falta ser un genio para adivinar de quién se trataba.

–¿Athos Koteas? Pero ¿por qué iba a arremeter contra Renee?

–Porque sabe que es tu punto débil. Y no has respondido a mi pregunta… ¿Vuestra reconciliación es una farsa? ¿Renee ha vuelto contigo sólo porque quiere tener un hijo?

Flynn decidió contarle la verdad. Al fin y al cabo, su hermano merecía saberlo.

–Al principio fue sólo por eso –admitió–. Cuando la clínica me comunicó que Renee había pedido mi muestra, descubrí que seguíamos casados y decidí aprovechar la situación. Renee accedió a volver conmigo a cambio de que yo fuera el padre de su hijo. Pero nuestro matrimonio ya no es ninguna farsa.

Brock maldijo en voz baja y se acercó a la ventana.

–¿Cuántas personas sabían de esa donación de semen?

–Sólo los compañeros de universidad que participaron en la apuesta, y también ellos hicieron donaciones, por lo que se arriesgarían a quedar en evidencia si esto saliera a la luz. Es posible que alguien de la oficina haya obtenido la información entre mis papeles. El banco de esperma me envió los formularios por fax, y he guardado las copias por si había algún problema.

Brock volvió a maldecir.

—Es evidente que alguien de la empresa le está pasando información confidencial a Koteas.

—En caso de que sea Koteas quien está detrás —arguyó Flynn—, no quiero que Renee sepa nada de esto.

Brock se giró hacia él, boquiabierto.

—El periódico tiene una tirada de decenas de miles de ejemplares. No puedes impedir que el rumor se propague como la pólvora.

—Tengo que sacar a Renee de la ciudad antes de que estalle el escándalo… No, imposible. Ella querrá quedarse aquí para seguir levantando su negocio.

—Podrías intentar que el periódico se retractara.

Flynn volvió a leer el artículo por encima. La segunda vez le pareció aún peor.

—En teoría, nada de lo que han publicado es mentira.

En ese momento sonó el interfono de su mesa.

—Un periodista del *San Francisco Journal* por la línea uno —le informó Cammie—. Quiere preguntarle sobre un banco de esperma.

Malditos periodistas…

—No me pases llamadas y no hables con ningún periodista —le respondió a Cammie—. Voy a salir.

–¿Ahora? –preguntó Brock.

Flynn se frotó los agarrotados músculos del cuello y se levantó.

–Voy a hablar con Koteas. Si salgo ahora tal vez lo pille en la oficina.

–¿Qué vas a conseguir hablando con ese canalla?

–No lo sé, pero algo tengo que hacer si no quiero perder a Renee de nuevo.

–No metas a mi mujer en esto –le espetó Flynn a Athos Koteas.

El septuagenario fundador de Golden Gate Promotions dejó en la mesa el periódico que Flynn le había arrojado y se recostó sonriente en su gran sillón de cuero.

–Ah… Hijos. Son una bendición y una maldición, ¿verdad? Cuando nacen albergamos las mayores esperanzas para ellos, pero cuando crecen… –sacudió la cabeza–. Fíjate en mis tres hijos. Unos ineptos totales. Tú, en cambio, no tienes interés en el mundo de la publicidad, pero como buen hijo te uniste a la empresa de tu padre para cumplir con tu deber.

Aquel deber le había costado su matrimonio, pensó Flynn. Y entonces se dio cuenta de que Athos Koteas sabía demasiado sobre él. Pero no estaba allí por eso, sino para enfrentarse al principal sospechoso de aquella trama. El condenado periodista que había escrito el artículo se había negado a revelar sus fuentes cuando Flynn lo llamó de camino a las oficinas de Golden Gate.

–¿Por qué perjudicas a mi mujer?

–Por mucho que me gustase creer lo que dice este artículo, la prensa sensacionalista no me suscita la menor confianza.

Flynn observó atentamente la expresión de sus ojos negros rodeados de arrugas y llegó a la conclusión de que Koteas no mentía.

–Tú eres el único que saldría ganando con este tipo de historias.

–¿Estás seguro? Piénsalo bien… Todo el mundo tiene enemigos, incluida tu preciosa mujercita.

¿Quién podría odiar a Renee? La idea era tan absurda que no merecía la pena considerarla.

–A veces, los enemigos están más cerca de lo que pensamos –añadió Koteas.

Flynn apretó la mandíbula al oír la observación de su rival, porque en el fondo sí sospechaba de una persona. Alguien que no había dejado de causarle problemas a Renee desde el día que Flynn la llevó a casa.

Su madre.

No estaba embarazada.

Abatida, se dejó caer en la mecedora nueva y se balanceó con el pie. Había estado tan cerca de conseguir todo lo que había soñado que le costaba sobreponerse a la decepción. En aquellos momentos necesitaba que Flynn estuviera a su lado, que la abrazara y le dijera que podían volver a intentarlo. Se había acostumbrado a valerse por sí misma, pero en el fondo seguía necesitando un hombro en el que llorar, y Flynn era el único que podía comprender su frustración por el resultado negativo del test.

Sacó el móvil del bolsillo y marcó el número privado de Flynn, pero saltó el buzón de voz y lo intentó entonces con el número de su secretaria.

–Oficina de Flynn Maddox –respondió la voz de Cammie–. ¿En qué puedo ayudarlo?

–Cammie, soy Renee. Tengo que hablar con Flynn.

–Hola, Renee. Lo siento, pero Flynn ha salido y no sé si volverá hoy a la oficina. ¿Quieres que le deje algún mensaje?

–No, gracias. Lo llamaré al móvil –el resultado de la prueba de embarazo era algo que tenía que decirle en persona.

Probó varias veces con el número de Flynn, pero no obtuvo respuesta. Al final desistió y miró el reloj de osito que colgaba de la pared. Eran casi las cinco, por lo que debería estar al llegar.

Hasta entonces, no le quedaba más remedio que aguantar y esperar. El recuerdo de las veces que había esperado a Flynn amenazaba con hacerla volver a la bebida, pero ahora era más fuerte. Tenía mucho más que perder, y había aprendido la lección.

¿O no?

–¿Se puede saber en qué estabas pensando? –le preguntó Flynn a su madre, en el salón de su elegante mansión de Knob Hill.

Su madre apartó la mirada y se puso a manosear su pendiente de diamante.

–No tienes pruebas de que haya sido yo.

–Sabías lo de mi apuesta en la universidad, odias a Renee y tu chófer te llevó a la cita con el periodista en Chez Mari el sábado por la tarde. ¿Qué más pruebas hacen falta?

El rostro anquilosado de su madre se quedó completamente blanco.

–Renee Landers no es lo suficiente buena para ti.

Una ira asesina se apoderó de Flynn.

–Maddox, madre. Se llama Renee Maddox. Es mi esposa y la futura madre de tus nietos. Eso es lo único que debería importarte.

–Lo que importa es que pongas fin a tu matrimonio antes de que esa mujer tenga hijos tuyos. Hablé con la periodista porque quería que Renee se marchara y volviera a la clase social que le corresponde. Confiaba en que se diera cuenta de la vergüenza que supone para ti y para Maddox Communications.

A Flynn le rechinaban los dientes. ¿Cómo era posible que se le hubiera pasado por alto el odio acérrimo que su madre le tenía a Renee?

–Renee no es un motivo de vergüenza para nadie. Es la única persona que antepone mi felicidad a la suya.

Y siempre había sido así, por lo que le costaba entender la razón de su marcha. ¿Lo había abandonado por pensar, erróneamente, que él estaría mejor sin ella?

–Te equivocas, Flynn. Yo quiero que seas feliz, y para ello debes encontrar a la mujer adecuada.

–¿Para ser tan feliz como lo fuiste tú?

Su madre levantó bruscamente el rostro.

–No sé qué quieres decir.

–¿Alguna vez amaste a mi padre? ¿O sólo estabas con él por su dinero? No le diste hijos porque tú desearas tenerlos, sino porque era lo que se esperaba de ti. Al tener hijos con él te asegurabas que siguiera manteniéndote económicamente.

–Eso no es cierto.

Flynn no se molestó en discutir. Recordaba demasiado bien su infancia en una casa carente de amor. No era extraño que su padre pasara todo el tiempo en la oficina.

Él no había conocido el amor hasta que Renee irrumpió en su vida y le conquistó el corazón con su inteligencia, bondad y buen humor.

–Piensa muy bien lo que vas a hacer, madre.

–¿Qué quieres decir?

–O le pides disculpas a Renee o te despides de mí para siempre.

–No digas tonterías, Flynn. Soy tu madre.

–Eso es precisamente de lo que me avergüenzo. Sabía que eras desgraciada, pero no imaginé que pudieras ser tan cruel y rencorosa.

Su madre ahogó una exclamación de horror, pero Flynn la ignoró y salió rápidamente de la casa. Necesitaba a su mujer más que nunca. Sólo los besos de Renee podían sanar la herida que su madre le había provocado al apuñalarlo por la espalda.

Eran las ocho de la noche y Flynn aún no había regresado.

Renee miró las galletas, el pastel y el quiche

que acababa de preparar. Necesitaba un medio para desahogarse, y siempre sería mejor cocinar que ponerse a beber.

Flynn no la había llamado, y en su teléfono móvil saltaba directamente el contestador. Renee había llamado a todos los hospitales de la ciudad, dos veces, y en ninguno había ingresado un paciente que respondiera a la descripción de Flynn. Los nervios la estaban matando.

Tenía que admitir que el mueble bar de Flynn la tentaba peligrosamente. Sería mucho más fácil emborracharse hasta perder el sentido en vez de estar experimentando con nuevas recetas y andando de un lado para otro. Pero resistió con todas sus fuerzas. Ella no era como su madre. Había desarrollado alternativas mejores para enfrentarse a los problemas. Cocinaba y limpiaba, y si todo lo demás fallaba, se ponía a leer revistas de cocina en Internet.

Entonces oyó como giraba una llave en la puerta y fue como el pistoletazo de salida de una carrera. Se secó a toda prisa las manos con un trapo y corrió hacia el vestíbulo, invadida por una mezcla de enfado, preocupación y alivio. Quería echarle en cara su tardanza y al mismo tiempo arrojarse en sus brazos.

–¿Dónde has estado?

Él frunció el ceño ante el frenético tono de Renee.

–¿Ha llamado alguien?

–No –respondió ella, mirándolo con incredulidad–. Ni siquiera tú. Has tardado mucho en volver… Contesta a mi pregunta, Flynn.

Él sacó en silencio un periódico de su maletín, se lo tendió y le indicó el artículo en mitad de la página. A Renee le recorrió un escalofrío al leerlo. Alguien la había usado para atacar a Flynn y a Maddox Communications. Flynn había dicho que la reputación era lo más importante en el mundo de la publicidad, y aquel artículo estaba minando la suya.

–¿Quién haría algo así?

Flynn se pasó una mano por la cara, y sólo entonces Renee advirtió su expresión de cansancio y malestar.

–Me he pasado la tarde intentando averiguarlo. Brock y yo sospechábamos que era obra de Athos Koteas, el mayor rival de nuestra empresa, pero no ha sido él.

–Entonces, ¿quién ha sido?

–Mi madre.

Aturdida por la revelación, Renee se arrastró hasta el salón y se dejó caer en el sofá.

–¿Tanto me odia que no le importa pasar por encima de ti y de la empresa que paga sus facturas?

–Lo siento, Renee. Mi madre siempre ha sido una persona difícil, pero nunca la creí capaz de caer tan bajo.

Renee tragó saliva. Las náuseas le revolvían el estómago. Nunca la habían atacado con tanta crueldad y no sabía cómo reaccionar. Tal vez debería llamar a su madre. A Lorraine nunca le había gustado dar consejos, pero casi todas sus relaciones acababan de una manera brutal, por lo que sin duda sabría cómo manejar aquella situación.

Su remedio sería muy simple: ingerir grandes

cantidades de alcohol hasta olvidar el problema. Renee no estaba interesada en aquella medicina. Pero si su suegra prefería humillarla antes que reconocer sus logros, había que preguntarse qué clase de abuela sería. Ningún niño se merecía algo así.

Se levantó y caminó hacia la ventana. Amaba a Flynn, pero no podía arriesgarse a que alguien escarbara en los detalles más sórdidos de su pasado y los utilizara para difamar a Flynn y a Maddox Communications. La única opción era marcharse.

—No puedo vivir en una burbuja de cristal, Flynn, siempre expuesta a las críticas de los demás.

—Mi madre ya no puede causarnos más problemas.

—Eso no lo sabes —tragó saliva e intentó contener las lágrimas—. Voy a volver a Los Ángeles.

—Buena idea. Tómate una semana de descanso. Cuando vuelvas, todo esto se habrá olvidado.

Renee cerró los ojos, respiró hondo e hizo acopio de todo su valor.

—No voy a volver.

El rostro de Flynn se contrajo en una mueca.

—¿Pero qué pasa con el bebé? ¿Y con nosotros?

Horas antes Renee estaba destrozada por la prueba negativa del embarazo, pero tal vez fuera mejor así.

—Hoy me he hecho un test de embarazo. No ha habido suerte… Me he pasado toda la tarde intentando llamarte para decírtelo.

El dolor que se reflejó en el rostro de Flynn desgarró a Renee por dentro.

—Volveremos a intentarlo.

–No quiero criar a mi hijo en un ambiente hostil. Yo ya he pasado por eso, Flynn, y me juré que nunca le haría lo mismo a un hijo mío. Tenemos que acabar con esto... Con lo nuestro.

No podía arriesgarse a repetir los errores de su madre. Aquella vez había conseguido resistir la tentación del alcohol, pero la próxima vez quizá no tuviera tanta fuerza de voluntad. Y tener una esposa alcohólica sería desastroso para la reputación profesional de Flynn.

–Mi abogado se pondrá en contacto con el tuyo.

Flynn la agarró por los brazos. El calor de sus manos traspasó la ropa, pero no bastó para deshacer el gélido nudo que se había formado en su interior. Quería que la abrazara y le dijera que todo saldría bien, pero sabía que nada podría salir bien.

–¿Así de sencillo? ¿Abandonas y ya está?

–Es mejor de esta manera –un sollozo subió por su garganta y tuvo que apretar los labios con fuerza para contenerlo. Tenía que alejarse de Flynn precisamente porque lo amaba–. Confía en mí.

–¿Que confíe en ti? ¿Cómo voy a hacerlo si a la primera dificultad sales huyendo?

Renee se encogió de vergüenza, pero no le dio ninguna explicación. A Flynn tal vez no le gustara trabajar para Maddox Communications, pero era la opción que había elegido y ella tenía que apoyarlo en todo lo que pudiera. Y la mejor manera de ayudarlo era marchándose. Su pasado era una bomba de relojería que en cualquier momento podría hacer pedazos la credibilidad y reputación de Flynn y su empresa.

–Lo siento, Flynn –pasó junto a él y corrió hacia

176

las escaleras, confiando en llegar a su habitación, la habitación de Flynn, antes de ponerse a llorar.

Cerró la puerta con pestillo e hizo rápidamente el equipaje con lo básico. Al bajar con las maletas, Flynn estaba de pie en el salón, con las manos en los bolsillos y mirando por la ventana. Renee no podía hablar de la emoción. Aunque tampoco habría sabido qué decir.

¿Cómo se le podía decir a un hombre que lo amaba demasiado como para quedarse con él?

No podía.

—Enviaré a alguien para que recoja el resto de mis cosas.

Y por segunda vez, abandonó al único hombre al que había amado y al que amaría en su vida.

—¿No vas a venir con nosotros a la Hora Feliz en el Rosa Lounge? —le preguntó Brock a Flynn el viernes por la noche.

Flynn apartó la mirada del ordenador. La pantalla estaba llena de números incomprensibles y no lograba concentrarse.

—No.

Brock entró en el despacho y cerró la puerta.

—Hace cuatro días que Renee se marchó, Flynn. Tienes que seguir adelante.

—¿Y me lo dices tú? Tienes un aspecto que da pena.

—Eh, no lo pagues conmigo… Y no te preocupes por mí. Estaré bien en cuanto atrapemos al topo. Si cambias de idea y quieres bajar al bar con nosotros, nos vamos dentro de cinco minutos.

Flynn no estaba para celebraciones.

–No, gracias.

–Tú te lo pierdes –dijo Brock, y se dispuso a salir del despacho.

–No puedo seguir haciendo esto, Brock.

–¿Hacer qué? –le preguntó su hermano con el ceño fruncido.

–Números.

–¿Necesitas tomarte unas vacaciones? Muy bien.

–Necesito algo más que eso.

–Flynn, ahora no puedes pensar con claridad. Cuando superes lo de Renee...

–Te equivocas. Por primera vez en mucho tiempo estoy pensando con claridad. Y si no conseguí olvidarme de Renee en siete años, nunca podré olvidarla. Antes de irse me dijo que no podía vivir en una burbuja de cristal, y tenía razón. La empresa nos exige que nuestras vidas sean del dominio público, sin respetar nuestra intimidad.

–Eso es porque nuestros clientes se exponen a perder mucho dinero si hacemos algo que viole su código ético o el de las personas que compran sus productos.

–Es mi código ético el que estoy violando al vivir una mentira.

–¿De qué estás hablando?

–Odio este trabajo. Odio pasarme el día haciendo cálculos y ordenando papeles. Lo que a mí me gusta es dibujar, diseñar, esbozar el plan de un edificio y ver cómo se transforma en una estructura real que pueda tocar y oler. Soy más feliz pintando una habitación con Renee que firmando contratos multimillonarios para Maddox Communications. Y aún la quiero.

La certeza lo había sacudido hasta lo más profundo de su ser cuando se despertó aquella mañana y se encontró solo en la cama. Echaba terriblemente de menos a Renee. Echaba de menos su encantadora sonrisa, su energía vital, la forma en que lo animaba a perseguir sus sueños, el amor que le profesaba. Juntos podían conseguirlo todo; sin ella, su vida estaba vacía.

–Lo superarás –le dijo Brock–. Créeme, yo he pasado por lo mismo.

Flynn negó con la cabeza.

–Renee tiene razón. Por mucho que trabaje aquí, no conseguiré que papá vuelva. No quiero seguir fingiendo que todo esto me gusta. Es hora de empezar a vivir.

–Flynn, no hagas nada precipitado...

–No es una decisión precipitada. No he pensado en otra cosa desde que Renee se marchó –apagó el ordenador y se levantó. Una sensación de satisfacción le llenaba el pecho, como si finalmente hubiera hecho algo bien tras haberse estado esforzando durante largo tiempo. Y realmente había hecho algo bien. Por fin había decidido cuáles eran sus prioridades–. Me niego a que sean otros quienes decidan cómo debo vivir mi vida. El lunes por la mañana tendrás mi dimisión en tu mesa.

–Piénsalo bien durante el fin de semana –insistió Brock.

–No hay nada más que pensar. Ya sé lo que quiero.

–¿Y qué quieres?

–Voy a acabar mis prácticas de arquitectura. Sólo me quedaban seis meses cuando lo dejé, pero aunque tenga que empezar de nuevo la carrera estoy dispuesto a hacerlo. Y si tengo que vivir solo, al menos seré yo quien elija mis compañías.

–Has perdido el juicio.

–No, Brock. Finalmente lo he recuperado. Y ha sido gracias a Renee –pasó junto a su hermano en dirección a la puerta.

–¿Adónde vas? –le preguntó Brock tras él.

–A buscar a mi esposa.

Capítulo Doce

–¿Seguro que no te quieres venir de acampada con nosotras? –le preguntó Tamara a Renee–. A las niñas les encantaría estar contigo.

Renee se estremeció.

–Les encantaría reírse de mí. Ya sabes que no soporto ir de acampada, con tantos bichos y serpientes –a pesar de su agotamiento físico y emocional se obligó a adoptar un tono alegre para no preocupar a su ayudante. Llevaba toda la semana fingiendo estar bien–. Y en mi estado actual, huelga decir que no sería muy buena compañía.

Tamara frunció el ceño y se mordió el labio.

–Podríamos dejarlo para otro fin de semana.

–Ni se te ocurra posponerlo. Además, tenemos encargos para los cuatro próximos domingos.

–Pero…

–Pero nada. Lárgate ahora mismo o estás despedida.

Tamara le sacó la lengua.

–No puedes despedirme. No conoces el ingrediente secreto para mi salsa especial.

Renee se echó a reír.

–Es verdad, y sin esa receta se hundiría el negocio. Vamos, vete y pásalo bien. No te preocupes por mí… Voy a probar ese pastel de zanahoria.

Tamara suspiró.

181

–Prométeme que no te volverás a pasar toda la noche trabajando.

Renee puso una mueca. Ciertamente, se había quedado cocinando hasta muy tarde todos los días. Sus clientes apreciaban el esfuerzo, pero no así su ayudante.

–Te prometo que estaré en la cama antes de que me convierta en calabaza a medianoche.

Tamara no se quedó muy convencida, pero se marchó.

Renee observó la cocina y su mirada se posó en la vieja silla de su abuela. El mueble le proporcionaba un consuelo muy especial. Era como si su abuela siguiera allí para guiarla a superar los obstáculos.

El lunes, cuando se hubiera recuperado un poco, llamaría a la tienda de electrodomésticos e intentaría devolver los aparatos que había instalado en el sótano de Flynn. Con aquella decisión tomada, se giró hacia la batidora y las notas que había estado tomando de la receta. El tiempo se le pasó volando, y cuando llamaron a la puerta se sorprendió al ver que ya eran las ocho de la noche.

Habían pasado tres horas desde que Tamara se marchó. Ella y sus hijas ya deberían de estar en los sacos de dormir o asando malvaviscos. Pero ¿qué otra persona se presentaría en su casa sin avisar a esas horas?

Sospechó que Tamara había regresado con sus hijas y con todo el equipo de acampada para montar la tienda en el jardín trasero de Renee...

Se dirigió a la puerta y a través de la ventana vio un taxi alejándose. ¿Quién vendría a verla en taxi?

Encendió la luz del porche y miró por la mirilla. Flynn aguardaba en el felpudo.

El corazón se le salía del pecho y dio un paso vacilante hacia atrás. ¿Qué estaba haciendo allí?

No quería verlo. No estaba preparada.

Flynn llamó fuertemente con el puño.

–Abre la puerta, Renee. Sé que estás ahí.

Amarlo y saber que no podía tenerlo era más doloroso de lo que jamás hubiese imaginado. Pero no podía olvidar que si lo había dejado había sido por el bien de Flynn.

Se secó el sudor de las manos en los vaqueros, respiró hondo y abrió la puerta. Flynn parecía cansado, con el pelo revuelto, sin afeitar, la corbata torcida y el cuello de la camisa abierto.

–¿Por qué has venido en taxi? –le preguntó ella al no ver su BMW aparcado en la puerta.

–He venido en avión porque era más rápido. Además, si no tengo medio de transporte para marcharme, no podrás echarme.

Su lógica era tan peculiar que Renee no pudo evitar reírse.

–Podría llamar a otro taxi.

–Tardaría al menos una hora en llegar. Y en ese tiempo podría intentar que entrases en razón.

–¿En razón yo?

–No puedes dejarme, Renee. Te quiero.

Ella ahogó un gemido al oír las palabras que siempre había deseado escuchar. Pero ya era demasiado tarde.

–Estamos hechos para estar juntos, Renee. Nadie me entiende tan bien como tú, y nadie me quiere tanto como tú.

Dio un paso adelante y ella retrocedió instinti-
vamente para dejarlo pasar. Era una equivocación,
porque lo que debería haber hecho era cerrarle la
puerta en las narices.

–Flynn…

Él le acarició la mejilla con la punta de los dedos y acalló cualquier protesta que pudiera brotar
de sus labios.

–Tú me quieres, Renee… Admítelo.

No podía negarlo.

–No es tan sencillo.

¿Cómo podía hacerle ver que no podían estar
juntos? Se dio la vuelta y entró en el salón. Un mal
presagio la invadió al darse cuenta de que tendría
que decirle la verdad, toda la verdad, y ver como el
amor que decía sentir por ella moría irremediablemente.

–No es por ti, Flynn. Se trata de mí.

Él la agarró de las manos y la hizo sentarse en el
sofá.

–Explícate –le pidió, mientras se sentaba a su
lado.

El amor y la paciencia que demostraba casi la
hicieron llorar de emoción, pero sabía que aquel
amor no duraría cuando Flynn descubriera la verdad.

«Hazlo. Escúpelo de una vez para siempre».

–Después de la muerte de tu padre, empecé
a… a transformarme en mi madre.

–¿Cómo?

Renee tragó saliva.

–Empecé a beber de la forma más inocente.
Abría una botella de vino para tomar una copa contigo cuando volvieras a casa. Pero entonces te retra-

184

sabas y yo empezaba a pensar en lo que tu madre me había dicho… sobre lo indigna que era para ti, el motivo de humillación que te suponía ante los clientes, mi bajo nivel cultural por no haber ido a la universidad… Me tomaba una segunda copa de vino y me preguntaba si Carol tenía razón. Me preguntaba si te arrepentías de haberte casado conmigo. Si tal vez por eso no querías darme un hijo. Si había otra persona…

—¿Mi madre te dijo todo eso? —la interrumpió Flynn.

Renee asintió.

—Renee, desde el día en que te conocí en aquel almacén de pintura no ha habido otra mujer en mi vida. Si no volvía a casa era porque estaba trabajando.

—Pero no volvías —recalcó ella.

Él se pasó una mano por la cara, visiblemente arrepentido.

—Mi nuevo era mucho más exigente de lo previsto, pues tenía que resolver el caos que mi padre había dejado. Sentía que lo estaba haciendo mal y que estaba defraudando al equipo, y cuando volvía a casa estaba tan cansado que no podía complacerte si querías hacer el amor. Sabía que el rechazo te hacía daño, y odiaba fracasar también en mi matrimonio, de modo que me quedaba a dormir en la oficina.

Renee tenía que admitir que la explicación tenía sentido.

—¿Por qué no me lo dijiste?

—No quería que te sintieras agobiada con mis problemas. Y aparte de los comentarios de mi madre, ¿puedo saber qué te hizo escapar de mi lado?

Renee se encogió de vergüenza.

–Un día me desperté con dos botellas de vino vacías en el suelo. Ni siquiera recordaba haber abierto la segunda. Me di cuenta de que me estaba convirtiendo en alguien como madre, así que decidí marcharme. Me vine a Los Ángeles y mi abuela me ayudó a buscar ayuda para dejar la bebida.

–Tendrías que haber acudido a mí.

–¿Para qué? ¿Para que me perdieras el respeto por ser tan débil? ¿Para ver cómo dejabas de quererme? Eso era lo que hacían mis «tíos» cuando descubrían que mi madre era alcohólica.

–¿Estás diciendo que tú también eres alcohólica?

Renee lo miró a los ojos, pero, extrañamente, no encontró en su mirada el menor atisbo de desprecio.

–No lo sé, Flynn. He hablado con varios especialistas y no creen que lo sea, ya que sólo estuve bebiendo un par de meses y lo dejé voluntariamente. He desarrollado otras habilidades más saludables con las que combatir el estrés, pero… sigo teniendo los genes de mi madre. No puedo correr el menor riesgo.

–Por eso nunca bebes.

Ella asintió.

–No quiero ni acercarme al abismo, porque seguro que volvería a caer.

–Eres demasiado fuerte para caer.

–Todo el mundo puede fallar.

Él volvió a acariciarle la mejilla.

–¿Y eso qué tiene que ver con que estemos juntos los próximos cincuenta años?

El amor que sentía por él amenazaba con desbordarla.

—Flynn… no puedo ser una carga para una persona a la que quiero, como mi madre lo fue para mi abuela y para mí. Siempre teníamos que estar protegiéndola y justificándola ante los demás. Tú estás mejor sin mí, de verdad. Mi sangre está contaminada… Nuestros hijos podrían heredar la enfermedad y convertirse en alcohólicos.

—Renee, si sólo la gente perfecta tuviera hijos, la humanidad dejaría de existir. A nuestros hijos les enseñaremos que hay formas mejores de enfrentarse a los problemas, igual que has aprendido tú. Te quiero, y quiero que formes parte de mi vida.

La esperanza brotó en su interior, pero se obligó a ser realista.

—No puedo vivir pendiente de lo que digan los otros… Siempre habrá gente dispuesta a valerse de mi debilidad para atacarte a ti o a Maddox Communications.

—Por eso no tienes que preocuparte. Voy a dejar la empresa.

La sorpresa la dejó sin aliento.

—¿Por qué?

—Hace siete años y medio me dijiste que si no podía ser feliz conmigo mismo, no podría serlo con nadie más. Y por fin he comprendido que tenías razón. Intentaba cumplir los objetivos que mi padre me había marcado, en vez de luchar por mis propios sueños… Voy a volver a dedicarme a la arquitectura. Quiero hacer algo que me haga ilusión, no que me la quite.

—Me alegro mucho, Flynn. Te mereces ser feliz.

–Sólo hay algo que podría hacerme más feliz.

–¿Qué?

–Que vuelvas a casa conmigo. Hacemos un buen equipo, y esta vez te prometo que no te fallaré. Estaré a tu lado pase lo que pase, si me das la oportunidad. Deja que pase el resto de mi vida demostrándotelo. Te quiero, Renee.

–Yo también te quiero. Y nada me gustaría más que pasar el resto de mi vida contigo.

En el Deseo titulado
Compañera de boda, de Emilie Rose,
podrás continuar la serie
SE ANUNCIA UN ROMANCE

Un nuevo compromiso

ROBYN GRADY

El dinámico y guapísimo millonario
de Sidney Mitch Stuart sería presi-
dente del imperio de su familia en
dos semanas, y no podía permitirse
ninguna distracción.

Vanessa Craig trabajaba duro para
mantener su negocio a flote, aunque
no podía evitar interesarse más por
las mascotas de su tienda que por el
dinero del banco. Mitch se ofreció a
ayudarla del único modo que sabía:
financieramente. Pero los cautivado-
res besos de Vanessa amenazaban su
norma principal: no mezclar nunca
los negocios con el placer.

*Era un portento en la sala de juntas...
¡y en el dormitorio!*

Acepte 2 de nuestras mejores novelas de amor GRATIS

¡Y reciba un regalo sorpresa!

Oferta especial de tiempo limitado

Rellene el cupón y envíelo a
Harlequin Reader Service®
3010 Walden Ave.
P.O. Box 1867
Buffalo, N.Y. 14240-1867

¡Sí! Por favor, envíenme 2 novelas de amor de Harlequin (1 Bianca® y 1 Deseo®) gratis, más el regalo sorpresa. Luego remítanme 4 novelas nuevas todos los meses, las cuales recibiré mucho antes de que aparezcan en librerías, y factúrenme al bajo precio de $3,24 cada una, más $0,25 por envío e impuesto de ventas, si corresponde*. Este es el precio total, y es un ahorro de casi el 20% sobre el precio de portada. ¡Una oferta excelente! Entiendo que el hecho de aceptar estos libros y el regalo no me obliga en forma alguna a la compra de libros adicionales. Y también que puedo devolver cualquier envío y cancelar en cualquier momento. Aún si decido no comprar ningún otro libro de Harlequin, los 2 libros gratis y el regalo sorpresa son míos para siempre.

416 LBN DU7N

Nombre y apellido	(Por favor, letra de molde)

Dirección	Apartamento No.

Ciudad	Estado	Zona postal

Esta oferta se limita a un pedido por hogar y no está disponible para los subscriptores actuales de Deseo® y Bianca®.
*Los términos y precios quedan sujetos a cambios sin aviso previo.
Impuestos de ventas aplican en N.Y.

Bianca™

Aquél era el paraíso… de la seducción

Rachel Claiborne es una belleza, pero está cansada de que la juzguen por su aspecto físico, y nunca ha dejado que se le acerque ningún hombre. Por el momento, está centrada en encontrar a su madre, que ha abandonado a su familia para marcharse a la paradisiaca isla de San Antonio.

Rachel no tarda en caer bajo el hechizo de la isla, personalizado en el irresistible Matt Brody. Por primera vez en su vida, quiere entregarse a un hombre, pero no puede dejarse llevar… porque es evidente que Matt sabe algo acerca de su madre desaparecida…

Relación prohibida

Anne Mather

Sólo temporal

ANN MAJOR

Había sido una locura acostarse con
Alicia Butler. Su padre era responsable
de que Jake Claiborne hubiera perdido
una fortuna, y cualquier relación con
ella iba a convertirse en portada de la
prensa sensacionalista. Pero Alicia se
había quedado embarazada, y él estaba
decidido a asumir su responsabilidad.
La única opción posible era casarse
con ella y confiar en que el escándalo
fuera mitigándose... aunque entre tanto la pasión entre ellos se reavivara.

*Estaba dispuesto a casarse
con el enemigo*